爱情的玫瑰

仲利民 — 著

初夏，吹过一股暖和的风，懒洋洋的，在空气里四处弥漫开来。她认识了他，两个人像是睡醒了的花，猛然间发现了爱情的美丽。

百花洲文艺出版社
BAIHUAZHOU LITERATURE AND ART PRESS

图书在版编目（CIP）数据

爱情的玫瑰 / 仲利民著 . -- 南昌：百花洲文艺出
版社，2023.3
ISBN 978-7-5500-0598-3

Ⅰ . ①爱… Ⅱ . ①仲… Ⅲ . ①短篇小说—小说集—中
国—当代 Ⅳ . ① I247.7

中国版本图书馆 CIP 数据核字 (2022) 第 213269 号

爱情的玫瑰
AIQING DE MEIGUI　　　　仲利民　著

出 版 人　陈　波
责任编辑　杨　旭
装帧设计　文人雅士
出 版 者　百花洲文艺出版社
地　　址　南昌市红谷滩区世贸路 898 号博能中心一期 A 座 20 楼
电　　话　0791-86895108（发行热线）0791-86894717（编辑热线）
邮　　编　330038
经　　销　全国新华书店
印　　刷　廊坊市海涛印刷有限公司
开　　本　710 毫米 X1000 毫米　1/16
印　　张　17.75
版　　次　2023 年 4 月第 1 版第 1 次印刷
字　　数　264 千字
书　　号　978-7-5500-0598-3
定　　价　78.00 元

赣版权登字　05-2023-50
版权所有，侵权必究

网址：http://www.bhzwy.com
图书若有印装错误，影响阅读，可向承印厂联系调换

目 录

第一辑　一棵开花的树

第二辑　回不去了

第三辑　那些美好

第四辑　那些爱

一棵开花的树

青　藤

　　并非每一场爱情，都会有美好的结果，但是，这一场爱情，因为荡气回肠，所以久久地徘徊心头，历久弥新。

　　那时候，她正是豆蔻年华，悄悄地喜欢上邻家男孩，他长得帅帅的，身材高高的，对她很好。她的家与他的家，紧紧相邻，中间只隔着一道矮矮的墙，每年夏天，墙上爬满了藤蔓，开一种白色的小花，她想不起来这花的名字，却记得在花落后，总会结小小的青色的果，一嘟噜，一嘟噜。快要成熟时，颜色转为微黄，她会摘下来吃，酸酸的、甜甜的，味道好极了。

　　看到她吃，他就会不屑一顾。她本来想告诉他，这果子真的好吃。却在他不屑的眼神里失去了告诉他的勇气，只能扔了手里的果子，再看看手上沾满的汁液，连连拍打双手，却怎么也拍不掉。

　　他会不动声响地带她去洗手。他的家真是漂亮，整洁华丽，她小心翼翼地洗完手，擦去手上的水。他会从家里摸出又大又红的苹果，悄悄递给她。

　　她不吃，悄悄地带回家，放在自己的床前。

　　不知为什么？他们两个人的家庭紧紧相连，却很少来往。在大人的眼皮下，他们也互相不说话，保持与大人的态度相一致。私下里，会找机会悄悄地在一起玩，她很盼望这样的机会，和他在一起，她觉得开心，并不仅仅是因为他总会有许多好吃的东西带给她，而是她喜欢和他在一起。

　　有一天，她母亲发现她床头的苹果，问她，她的脸瞬间红成了一个苹果。

　　她的母亲似乎知晓了来历，不再去追问。

　　而他，若是被他母亲发现与她在一起，就会被呵斥，她看到他母亲阴暗的面孔，隐隐地觉得有些恐惧。

　　她不知道，大人之间的事，只是敏感地意识到：他们在一起，家长是不喜欢的。

有一年,她生病了,休学在家,一个人寂寞,院门被锁了,只能在院子里闲逛,或者仰头看蓝天。这样的生活,让她觉得像是一只笼中的鸟,非常憋闷。

那天,她正一个人无聊地望向远方的天空,忽然觉得从墙上的藤蔓里探出一颗头来,对着她笑。原来,是隔壁邻家的那个男孩。

她的心一下子泛起涟漪,就像湖水漾起了微微的波澜。

这是他第一次来她的家,虽然离得那么近,但是仿佛又隔得那么远。

她像一只要飞的小鸟,拉着他的手,他也任她牵着。要是以往,他大概不可能愿意这样吧?他随时要提防母亲的出现,如果与她太亲近,母亲就会训斥他。

风轻轻地吹着,云静静地飘着,连墙上的花儿,也在微微地笑着,她和他静静地坐在一起。她似乎能听到他的心跳,咚咚——咚咚。

那天,他们在一起聊得真是开心。

她不知道,他是冒着风险跑回来的。他要搬家了,要是不和她告个别,也许,很难再有机会了。

后来,他跟随父母搬走了,不知他搬到了什么地方。

没过多久,她的家也拆迁,搬到别的地方去住了。

曾经紧紧相连的两家,忽然间消失了。他们,在父母的眼皮下,偷偷地交往了多年,现在再也没有机会在一起了。

他回去找过,她也回去找过,那地方,早已没有了记忆里的风景,变成了一片狼藉的工地,碎砖、断瓦、水泥、黄沙,还有飘飞的垃圾,高高竖起的脚手架、塔吊,却没有了那堵墙和墙上爬满的藤蔓。

他们慢慢地长大了,他娶了妻,她也嫁了人。

但是,他们经常会回想起小时候,他和她在一起,在父母监视的空隙里偷偷地找到机会,寻找两个人片刻的相聚,那份小小的欢喜,一直在心灵深处荡漾。

爱,即便没有最好的结果,也会有许多美好的回忆。旧时光里的点点滴滴,可以令人一直铭记,如血液般进入生命之中。

意外的美妙

人生总是充满意外，而有些意外会给我们带来莫名的惊喜。

去相亲，发现介绍的那位女子并不如意，而陪在她身边的那位如此动人，偏偏她也有意，竟促成一段美好姻缘。

如果明知道介绍的女子不如意，大概就不会去赴约了吧？不去就错过了结识满意的这位，这是意外的惊喜。

有时候，不要拒绝看似无解的难题，事情往往曲径通幽，答案不是一眼就可以洞穿的，拂去层层迷雾，最后才可以抵达真相的界域。

单位公派出差，众人躲着不愿去，那个地方太艰苦，连洗热水澡都不方便，可是他推不掉，只好勉强去。谁知途中遇到一知音，等他们抵达目的地，俨然多年神交的朋友。

来来往往间，多了情感，居然结束了多年单身生活，娶得如意美人。令单位里众人艳羡不已。谁不愿意获得这样的意外？可是，当时却又谁都不愿前去。众人看到的是旅途艰难，生活不便，就是无法预料有美人同路。

男孩爱上一个女孩，却不敢对她表白，他想到送花试探，就到花店订束玫瑰。可是，花店里玫瑰花紧缺，店主私自替换成了芍药，男孩不懂，花是店里派人送的，女孩惊喜，男孩子怎么这样懂得她的心？她最喜欢芍药了。

结果比原来要好得多。男孩女孩相互有了好感，牵手也顺理成章。店主的自私不再有过错，是他促成了这对男女的好姻缘。

她是店里的经理，一向严肃、苛刻，待员工不苟言笑，员工都怕她，背地里呼她"阎王婆"。

一天，不知哪位员工把一大束鲜艳的玫瑰摆在台上，经理进来，问："这是谁的花？"有员工故意说："经理，这是送给你的！"

他们不知，这天是经理32岁生日，她已经好久没有人送花了。以前的男友去了国外，再也不和她联系，她把自己深深地埋在繁忙的工作中，借以忘掉痛苦。想不到，会有员工记得她的生日，还给她送这么美丽的花，她感动得无以表达。

自此，她不再冷若冰霜，和员工有了盈盈笑意，若灿烂的五月花。

其实，那束花是一位员工准备送给女友的，既然被人无意中送给了经理，就以假乱真吧，有谁忍心揭穿事情的真相？

……

生活中，有许许多多的意外，构成了这个世界的斑斓色彩，是我们循规蹈矩无法看到的美妙。就像偶尔一次离开大道，来到小径上，会发现许多不曾见过的奇妙花儿、草儿，还有纷飞的蝴蝶与蜜蜂。想一想，这些意外是多么地奇妙！

窗外的树

窗外的那棵老榆树，树梢已高过三楼的窗户，硕大的树冠像一柄巨大的伞撑在眼前，绿得旺盛恣意。

她22岁来到这座楼，那棵树的高度在一楼的窗前。她从一楼，二楼，三楼，10年一个楼层的速度向上，这棵树与她紧紧相随。

在繁忙的工作之余，泡上一杯茶，与这棵树对视片刻，就会有莫名的愉悦从心头升起，这棵树成了她的陪伴。有时，她会与它默默地对话，是在心里，并不需要用嘴说出。

这棵树见证了她的成长，她也见证了这棵树的成长。

春夏秋冬，风霜雨雪，树在自然的抚摸下努力地生长。

她对树的一切了然于胸，那年干旱，周边许多小树抗不过，枯萎了，她以为这棵树也会受到威胁，出乎她的预料，老榆树以它顽强的生命力抵抗住了那次干旱，而且绿得更旺。

那年春夏之交，猛烈的台风肆虐而过，大地之上一片狼藉。她以为这棵树难以免去灾难，哪料到树只是随台风甩掉了些许枝叶，依然昂首挺胸地立于楼前。

她想到了她的丈夫，那个伟岸的男人，总是能给他一片绿荫，令她享受生命的美好。

大学毕业后，她在这个城市独立生活，后来遇到了他，两个人相互爱恋。是他给了她安稳的家，是他给了她稳妥的生活。

那个男人，用他的力量，把她照顾得妥妥贴贴，使她能够安心地在这幢小楼里旁观世界的风雨，不用在风雨里为生活去挣扎奔波。

他原来也有一个还算不错的单位，为了能够早日安下家，拥有自己的房子，他毅然下海，在风雨里搏击，他要用自己的拼搏，给她安稳的生活。

商海不是风平浪静的，瞬息而至的危险只有他自己去抵挡，她知道这么多年来，他经历的一切。初创的公司，不到两年，几乎遭遇灭顶之灾，是他顽强地挣扎着，保住了公司，才有机会发展壮大。

那次发出的货，因为台风遭遇延迟一周，被对方拒收。他连夜奔赴他乡，动用一切关系，把那批货化整为零，妥当处理。

他是她的一棵树，为她遮风挡雨。

她对那棵树有着非同一般的爱。

她一抬眼，看到那棵树，就像看到他，内心会漾满温暖与爱意。

树在风雨里生长，她在楼房里工作。

有时，她会下楼去，一个人静静地站在树下，享受树的绿荫。或许，她会觉得这棵对就是她的丈夫，她喜欢他的绿荫。更多时候，她会在窗前，与这棵对默默地对话，双眼凝视树冠，就像一颗心对另一颗心的交流。

窗外的这棵树，让她觉得生命是如此美好。

关上窗户

他的声音犹如磁场，她就是一粒碎铁屑，逃不开他的引力。电话里，他一声召唤，她即刻满心欢喜，急急地收拾衣衫，去赴他的约会。

不知多久了，她甘心情愿和他缠绵，不要他的钱财，不要他的帮助，甚至从不曾额外要求他一些什么。喜欢，只是喜欢，纯粹得透明。

初始，他是一位小吏，一场舞会，她瞬间落入他的视线，他不经意地一瞥，就把内心的灼热传递给了她，让她熊熊燃烧起来。

他曾问询过她，要什么？他可以帮助的。她却轻描淡写，一笑掠过，那笑容里有不食人间烟火的洒脱，也有她对情感的执着。纵使这是偷来的情感，她也不愿染上世俗的尘埃。

他经常在嘴边夸她，让她满足。

他翻云覆雨，所向披靡，令她酣畅淋漓。她枕着他的臂，在职场上也是这样吗？

他疲惫中仍有兴奋，向她讲一些她不曾熟悉的生活。他是高明的猎手，不经意间就会布下机关，捕获想要的猎物。

她问："我也是你的猎物吗？"

他嘴角掠过一丝不易觉察的笑，未置可否。

闺蜜知道她的一切，包括隐私，曾暗里劝她注意收敛些。她现在多么幸福啊！丈夫风光，孩子上进，家庭小康，若一不小心陷进泥沼，悔亦晚矣。

她依然赴他的约会，只是小心翼翼，不给丈夫留下任何蛛丝马迹。

她有一种火中取栗的快感，她觉得这是一种燃烧。

那天，他又一次给她电话，她急急地奔赴指定地点，却不曾见他的身影，她再一次把目光瞄向那间熟悉的房间，没人。

退出身，相隔的一个房间似有人声，房门掩着，并未关闭。那个声音从里面飘出来。

只是，她听了，宛若一枚炸弹。不！是一枚威力巨大的原子弹爆炸，令她粉身碎骨。

有一个陌生的男人问，那个熟悉的男声淫荡、下贱地流出话语来答，"那个女人，要不是'功夫'不错，早就不理她了。"她一下子找不到身体，呆在那儿动不了。片刻，清醒，折回身，外面狂风暴雨，电闪雷鸣。她渴望暴雨把她浇个透，让她明白。

出租车把她送回家。阳台上的窗户未关，一地狼藉，雨水肆意横流。昂贵的衣服凌乱地散落在地板上，污迹斑斑。

丈夫坐在客厅里，默不作声。她不知道如何面对。燃烧，如果不化为灰烬，狼狈的结局不知如何面对。

她不是不懂，只是为了燃烧的快感，不愿意回归正轨。打开窗户，是为了迎接阳光、空气，倘若风雨来了，还是关上窗户为妙。

过　敏

结婚六年，生活变得平淡而庸常，她常常想起恋爱的时光，那些日子，就像绽放的烟花，绚丽而耀眼。

现在，她好像又找到了这种感觉，一个男人悄悄地闯进她的生活，给她带来异样的快乐感觉。那个男人远在600公里之外的一个城市，每天晚上都会和她在网上聊天，与她卿卿我我。每天晚上，她都会准时打开QQ，等待他的到来。

她的心里装着一只小鹿，忐忑不安。丈夫对她很好，深深地爱着她，可是，她就像吸食了毒品一样，迷上了远方那个从未谋面的男人，她悄悄地谋划着与那个男人相见的时机。

单位里派她出差，地点离他所在的城市很近，她知道时机成熟了。

丈夫知道她要出差，精心地为她收拾行李。每次出差，都是丈夫仔细检查，帮她把要带的行李准备好。

送她去机场的路上，丈夫又叮咛她，"在外面注意身体，不要去公园，少去植物多的地方。"她知道，自己过敏体质，一遇上花粉，就会莫名地难受。每次和家人旅行，他都会照顾她的身体，不能去的地方，都会尽量避开。

"少吃海鲜，更不要喝酒。"丈夫的话，让她想起春节期间那场过敏，几乎把她折腾得丢了命。以前，从不知自己海鲜过敏，因为处于内陆，海鲜吃得不多，所以没有想过忌吃海鲜。春节时，与家人一起去三亚旅游，都说海鲜好吃，别人大快朵颐的时候，她也想尝尝美味，谁料到她直接进了医院。丈夫楼上楼下背着她，家人也前前后后地跟着跑。

想到这里，她的眼眶里积满了泪水，她想起丈夫多年来对她的好。

医生和她讲过，她的过敏体质，要注意过敏源，尽量减少接触外界过敏的机会，才能慢慢恢复正常。丈夫记得牢，帮她把那些过敏原因都装在心中，丈夫就像她的保护伞，为她隔绝一切过敏源。

看到她眼里的泪水，丈夫掏出纸巾，轻轻地帮她拭去，她忍不住把头埋在丈夫的胸前。丈夫深情地抱着她，轻轻地说："多少年了，你还像那个小女孩！"

她的心一阵悸动，为自己想要出轨的心忏悔。

她拎起行李，走向安检，丈夫望着她的身影，微微地笑。

出差在外的几天，那个男人几次与她联系，QQ、短信、电话，她都没有回复。她现在知道，那个男人也是她的过敏源，如果与他纠缠，她会终身过敏，难以医治。

工作忙完了，即刻给丈夫拨打了电话，听到丈夫熟悉的声音，她踏实地笑了。她相信，以后会学着慢慢长大，不用丈夫操太多心。

看到丈夫来接她，迈开脚步，飞一样投进他的怀抱，两个人紧紧地拥在一起，深深地吻着。

"我的过敏好了，我找到了特效药。"她对丈夫笑道。

"给我看看！"丈夫信以为真。

"你就是我的特效药。"她半是嗔笑半是感动。

她要去公园，她要走进鲜花丛中，她要和家人一起享受绚烂的生活。

在春天栽一棵树

那时候，她在一所中学里做教师，刚大学毕业，与中学里的孩子年龄相差不大。

他是她班里的学生，沉默寡言，站起来回答问题的时候，有些腼腆，但是，老师的问题遇到他，都会得到满意答案。

她就有些喜欢这个男孩，像是自己的弟弟，心里期望这个男孩有好的未来。

每个成绩好的学生，都会受到老师特别的优待，他也不例外，任课的老师都很喜欢他，而她尤甚。

她除了对他学习上关心，生活上也特别照顾。他住校，她有时就会为他做些可口的饭菜，看到他红着脸，却大口大口地吃，她就有些隐隐地欢喜。

她也会与他聊聊学习之外的事，时事、理想、未来，他在她面前渐渐地少了拘束，多了神采。他就像一台动力强劲的发动机，如果放在一辆车上，没有人知道他到底能够跑出多远。而她仿佛看到他的未来，那是一个魅力十足的男人。

她给他讲未来的路，希望他眼前有一扇窗，望出去，可以看到将来。

他发奋努力，向着心中的目标奔跑。

她与这些学生，亲密无间，与他也像姐弟，关心他，也爱护他，他觉得沐浴在阳光般的温暖里。

在大家的关心下，出身乡村的他，顺利地读完中学，考上了名牌大学。

她的学生，离开她之后，依然喜欢和她保持联系，向她聊大学的生活，外面的世界。

她很开心，有这样的学生，有这样浓的情感。

他和她还像以前一样，谈谈生活，聊聊未来。

他们和往常一样相处，情意却像一棵树一样生长，越来越茂盛。

他大学毕业，去了上海，在一家外资企业里任职，收入不菲。这样的生活，他觉得还是缺了些什么。

思来想去，原来，是身边没有一个像她那样的女孩。她是那样亲切，又是那样可爱，如果能有这样的人做伴侣，人生可谓完美。

他与她的联系多了起来，他的话里多了浓情，她还是把他当成学生一样，谈心。他费尽心思要打破那张纸，却被她巧妙地绕了过去。她不是不明白，是她把学生当成了可爱的弟弟妹妹。

那天，他再也忍不住了，特意去学校看望她。她还是给他做了可口的饭菜，他却一口也不想吃。他要的结果，是她的婉拒。她不想离开学校，她爱这些一茬茬生长起来的孩子。

她送他走的时候，依然像和学生一样谈心。

他想了好久才明白，那些经她教过的学生，哪个不爱她？这爱，是尊重与爱戴，还有对她亲切的想念。

他和那些学生，就是她在春天栽下的树，一棵棵慢慢地长大。她要栽下更多的树，而不是伴随着一棵树永远在一起。

后来，他娶了一个当地女孩，把他的合影发给她，她真诚地说了许多祝福的话。

他于瞬间释然了，原来，她的爱是那么博大，远比他想要的更为广阔。

他说："老师，你要是结婚了，一定要告诉我们，大家聚在一起为你庆祝。"

她笑了，"你们在各地好好长大，就是对我最好的祝贺了。"

原来，他就是一棵树，长成根深叶茂的参天大树，就是她想要的。

这些都不重要

追她的男孩很多，她想找个如意的男孩，在这些追她的人中，他是最有实力，也是对她最为殷勤的。

男孩子有自己的企业，事业正处在上升阶段。

男孩子外表英俊，气度不凡，谈吐优雅。

男孩子对她呵护倍至，甚至百依百顺。

她的闺密都说，她找到了真命天子。

她也觉得他人很好，有实力，有才气，有理想，有进取心，重要的是，对她也非常关心、呵护。

在别人对房子、车子孜孜以求时，他都已有了，还缺什么呢？

她是满足的，除了物质上的满足，还有他对她理想的支持。

他们很快就谈到了结婚，新房的装修式样都是按她的要求布置的。

最后，她和他商量，婚后，她想把妈妈接来住。

她从小就是单亲家庭，妈妈一个人拉扯她长大，她知道妈妈是多么地不容易。那些日子里的风风雨雨，唯有妈妈一个人去搏击，也唯有她明白妈妈的坚强与艰辛。

后来，妈妈在一次外出的路上遇到了车祸，被截去双下肢。从此，她只能与轮椅相伴。

经过多次商量，他勉强同意把妈妈接来。但是，他提出要求，让妈妈单独住一套房，他不在乎再买一套房子。

她说："妈妈一个人住，不方便。"

他说："可以请一个随身保姆，不在乎那点钱。"

她说："妈妈那样会很孤独的。"

他说："你可以经常去看她。"

她说："妈妈是希望与我们住一起，这样更好。"

他说："那样，我就生活得不方便了。"

她内心有隐隐地不快，但是，她还是忍了。人不能太贪，他已这么好了，还能再要求什么。

后来，他们确定了婚期，把妈妈接过来。妈妈住进了她自己的房子，有一个贴身保姆照顾，她也会不时地去看望妈妈。

那天，他们去准备拍婚纱照，她特意把妈妈带上，让辛苦了大半生的妈妈看看女儿幸福的开始。

她推着妈妈的轮椅，他跟在后面。若即若离。

途中，遇到他一个朋友，聊了几句，她在一边等他。

他的朋友问："那是你女朋友啊？"

他答得爽快，"是，是的！"

她在等他介绍她妈妈，可是他就不再介绍了。

他和朋友分开后，她说："你为什么不介绍一下妈妈给朋友？"

他默不作声。她何尝不明白，他不喜欢别人知道他的岳母是这个样子的，他甚至从未呼过岳母，对她视而不见。

本来，他们是去拍婚纱照的，可是她却停止了他们之间继续前往婚姻之路的脚步。

那么多的朋友劝她，"你疯了吗？这么好的男友不要！"

她说："他是那么好，可是这些都不重要。我只希望他能在众人面前像介绍我一样，介绍一下，这是我们的妈妈！这就足够了。"

爱一个人，不仅是爱她（他），还要爱她（他）的家人，把足够的尊重与爱都给他们。

拥　抱

她是一位畅销书作家，那时，他还是她的读者。

她的书，摆满了大小书店的柜台，一本接一本，每一本都是那么精致、典雅，他非常喜欢她的作品，每有新书上架必买。

他看她的书，看作者简介，看她的相片。

书里每一个故事，都在他心中熟悉得如同身边发生的，她的相片也在他心中掀起无数想象。她如花妙笔，又如此超凡脱俗，真是人间精灵。

她的作品在他心中发酵，她的美貌在他心中浮想。

他太爱她那些晶莹玉润的文字，每一粒都如石榴籽儿，美、圆、润、光、亮，落在纸上，便有了生命，那是她的呼吸，她的生命。

他读，想，思，嚼，不停地吞吐、消化，那些文字在他的心中，也流进了他的血管。

后来，他爱上了写作，他的作品也会与她的作品在相同的刊物上发表。如果是同一期杂志，他就会觉得兴奋，好像和她站在了一起，或者与她有了渊源。

有一家刊物，他们都在上面开了专栏，他与她的相片、签名排在了一起，他看到后，有莫名的欣喜。仿佛是女神向她发出了邀请。

他的新书出版，与她的书排在一起，看到有读者买了她的书，也买了他的书。他真想追上去，问问读者的感受。他知道，那个读者给了他多少信心与力量啊！

他的书，与她的书排在一起摆上书架，他仍然会觉得与她有很遥远的距离，当读者把他们的书一起收入囊中，告诉他那是有人真的喜欢。

他依然会逢她出新书必买。她的作品的气味，文字的风格，甚至书的设计与策划，都在他心中留下诸多印记。那是她的痕迹。

　　他的书架上摆了她许多作品，随手可以触摸。

　　一次，一家杂志举办笔会，他应邀参加，她也在。他们刚刚见面，她在他心中是那般熟悉。不曾想，她一下呼出他的名字，甚至，她主动张开双臂，等待他响应。那一刻，他忽然像树上的鸟儿张开了翅膀，起飞，与她紧紧拥在一起。

　　他闻到了早已熟悉的气味，她的气味，与作品里透露的一模一样。

　　有些人，无论多么喜欢，都没有机会相见，只能默默独自想念。有些人，即便很遥远，只要向那个方向追去，就有可能获得回应。

　　他明白，她的拥抱，比那些可爱读者给予的更多。他懂得拥抱里的肯定与赞赏，还有相知相惜的莫名喜悦。

忧伤的玫瑰

初夏，吹过一股暖和的风，懒洋洋的，在空气里四处弥漫开来。

她认识了他，两个人像是睡醒了的花，猛然间发现了爱情的美丽。

他是一家鲜花店的老板，承包的地里还种有大片的玫瑰，店里都是新采摘的花，因此吸引了大批顾客。

她也喜欢花，店里的花尽管挑就是，如果嫌不够新鲜，就去花圃里亲自采。

有时，她会陪他在花店里卖花，看顾客选购各类花，她揣摸他们的心思。他却非常明白，买什么花送什么人。

有的男人，大把地买各种玫瑰，只要女友喜欢，一大捆可以包起几十枝，给钱也洒脱。

有的男人，精挑细选，看来看去，也只是选几枝便宜的玫瑰，然后好言好语地哄女友，从身边掏出叠好的钞票，递给他。

有的男人，只要贵的，至于别的什么，并不管，有钱，贵的就是好的。常常会豪气地说："哪些花最贵？给我包几束。"

有的男人，客气地问声好，然后，询问是否有他想要的花。颜色、品种，都要符合要求才决定买。

她在一边看，觉得这些男人如店里的花一样，五颜六色，品种齐全。

花是用来观赏的，还是用来表情达意的？也许，有的男人，觉得鲜花和其它的东西一样，只是一种消费品。花钱消费罢了，不需要太多的情感消耗。

每天，他整理店面，数钱的时候，就会喜笑颜开，手里拿着一大把钞票，是他最开心的时候。

她却觉得，鲜花，是艺术品，那些花是有灵性的，虽然可以用货币交换，但是不可以亵渎它的灵性。买花的人，送花的人，一定要有自己的真情表达。如果把鲜花仅仅当成一种商品，这鲜花就失去了存在意义。

有一回，他去地里采花，她一个人值守店铺，在这里有一段时间了，已熟悉花的品种、价格，也对顾客有所了解，可以胜任看守店铺之职了。

一对男女进店，问她："有白玫瑰吗？"

刚采的白玫瑰，他临走前剪好，扎好。

她指了指架上的几束花，给他们看。

10元一枝，一束6枝，60元。

她刚准备收钱，他从外面进店，看到她在那儿算账，急急进店。

连连和客人说："错了，错了。真是抱歉！"

她想："什么错了？"

原来，他告诉客人，是花的价格算错了。白玫瑰，15元一枝。那个男人并不在乎，掏出一张百元大钞，扔下，"不用找了！"

客人走后，她和他说："我记得分明，白玫瑰是10元一枝啊！"

他说："你这样，怎么开店？这个男人，年龄可以做那个女的父亲了，他们在一起，要的是开心，不会在乎钱的。"

她听了，心里泛起一阵忧伤。

原来，所有的花，都不会是一成不变的价格，什么样的人，就会有什么样的价。

她想：如果有一天，她老了，失去了现在美丽的容颜，会不会也被他随手甩卖？因为，她不敢保证他不会像对待店里的花一样对她！

他说过许多甜言蜜语，开始，她也喜欢听的，后来，就有了恐惧，不过是逢场作戏吧？

那么多可爱的玫瑰，怎么变成了恶俗的商品，被随意调整价格，被金钱肆意侮辱？

她仿佛看到了店里的玫瑰充满了忧伤。

秋天，他欣喜地对她说："我已赚到买房的首付了，再过一段时间，我们就可以结婚了。"

她思虑了很久，决定和他分手，她不想做忧伤的玫瑰。

爱情的玫瑰

她爱上他时，22岁。这是花样的季节。

爱情如鲜花一般如此艳丽地绽放。

她和他一起描绘爱情的绚丽未来。

他们在爱情里陶醉，也在爱情里成长。

他给她的一个微笑，就是她愉悦的理由；他送她的一朵花，就是她快乐的源泉。

他那时候刚刚工作，还没有更多的财富，浪漫就是免费的清风明月，或者两个人牵着手散步。如果没有特殊的日子，两个人会在路边的大排档里就餐，她一点都不觉得他吝啬。

如果两人真心相爱了，那么何必在乎可有可无的形式？

情人节那天，他为她买了一枝玫瑰，鲜艳地花朵笑得灿烂极了。她也笑了，花是多么好啊！虽然这天的鲜花有点贵，但是他没有丝毫犹豫买了玫瑰。

更多的人，是一束或者一捧，送给心爱的人。也有人奢侈地买了999朵玫瑰，摆放在女生的楼前，就像一片玫瑰花园，引起围观的人羡慕的惊叹声。

她觉得，一朵足矣。他爱她，她也爱他，一朵玫瑰，也是爱的绽放！

他们也会在一起畅想未来。他和她牵手步入婚姻，在这个城市里买下房子，养育小儿女，然后，幸福地牵着孩子的小手徜徉在街头、公园，相爱的幸福就是这么简单。

他对她说："以后的情人节，会一朵一朵地增加，见证我们相爱的时间。"

她想："多与不多，有什么不同呢？只要爱着，就是美好。"

他看到别人成捧的玫瑰，内心还是有些许的不安。即使她告诉他，她真的不在乎！

他现在不能给的，只能许诺未来给。未来，谁又能看得见呢？

他不知是否明白，她是真的不在乎，她爱他所以才觉得幸福。如果她在乎他的礼物，在乎他能给的鲜花多寡，又何必与他相依相守？

现在送上999朵玫瑰的，不知是否能年年如此，直至人生的黄昏。

现在献上一朵的，是否可以年年真挚如斯，相亲相爱？一直走到人生的终点。

人生充满了变数，人生也充满了起伏，放眼望去，远近高低各不同。

如果，以收到玫瑰的多寡来衡量爱情，就有可能是世俗的。999朵与1朵，不是999倍的关系，有时候，1也可以大于999。

真正的爱情，是你能否在玫瑰里嗅到芳香。

如果仅是一大捧鲜花，那么就不是爱情。

如果一朵里却有浓郁的芬芳，那么爱情一直在盛开。

玫瑰里的爱情，能否寻觅得到？看你能否用心嗅到那缕芳香。22岁，芳华袭人，随时可以收到玫瑰。如果白发苍苍，脚步蹒跚，还会有人献上玫瑰，说一声，"我爱你！"那一定会芳香袭人。

遇上旧情人

他一眼就认出了她，虽然多年未见，她也有了许多变化，但是她的眼睛，她的神情，还是被他轻易地捕捉到了。

多年来，他从未忘却过她，有许多次，在梦里，他会遇上她。

当初，他们未能走到一起，他倍觉遗憾，每每想到她，就会有种痛在心底泛滥。

不知她是否认出了他，这么多年，她对他还有记忆吗？

他走上前去，轻轻伸出了手，她没有犹豫，及时地伸出了手，两双手紧紧地握在了一起。

她略微有些胖，眼角也添了几条皱纹，却未显老态，举手投足间轻盈从容。很容易从她的动作里，找到她年轻时的模样。

他的话语里，多了感概，追忆起如梭岁月，那些往事历历在目。

她的话语里，充满韵味，对往事的回味少了酸涩，多了情愫，点点滴滴，依然盘旋在心头。

原以为，他的放弃，会令她伤心欲绝，会令她难以释怀，岁月早已将过去的恩怨化解，留下的唯有美好。

那时候，他不敢坚持，她在南方读大学，而他只是一名一事无成的打工仔，虽有梦想存在心底，但不能被她的家人接受。

她对他说过：慢慢来，时间会改变家人的看法。可是，一年年过去，她的家人丝毫也不肯松口，对他们的这份感情绝无半点赞同的可能。

他也努力过，奋斗过，短时间都无法有实质性突破。

他的心在不断被拒绝中，受到了伤害，他不敢想象和她的未来会是什么样子。他害怕拖累她，于是，果断地放弃。

她找过他，劝他坚持，他却不愿再去挣扎。

和她分开后，心有过疼痛，慢慢地恢复。他发誓要做出成绩，他从最底层做起，苦、累、脏，都不拒，只要有机会，就会尽力去做。

只要努力，就会有机会。他一步步地向上走，终于有了自己的公司，有了自己的天地。

分手后，她痛苦了好久。家人想要的，和她想要的，根本就不是一致的方向。她喜欢他，看中他的厚道、努力，而家人却要他拿出实实在在的成绩。

她期待的是未来，家人要的是当下。

她理解了他的压力，给他自由。

如今，他和她想的一样，理所当然地出人头地，有自己的事业。

只要活得很好，就值得祝福。

她生活得不错，他生活得也幸福，如果，他们走到了一起，会是什么样的情景？

比现在更好，还是不及现在？

真的难以预测。

在生命的某一刻，遇上旧情人，能于诸多陌生的面孔里识出，愿意在一起谈谈，肯说说心里话，如果还能给予对方一份祝福，就是心底存有的不肯散去的爱了。

遇上旧情人，紧握双手，互道珍重，而后各自奔向下一段生活。

等　待

年轻时，每次约会，他都会提前到达。在约定的地点，等着她的到来。

等人的时间，格外漫长，他翘首以盼，目光望向路的尽头，等待那个熟悉的身影翩翩而来。她从不觉得他的等待有什么问题，她习惯了他的等待，在那个时间，去约定的地点，看着他的焦急模样，内心里有一种高高在上的愉悦。

偶有一次，他因急事来迟了，赶到约会地点时，没有人影儿。站在那儿东张西望，他以为她在那儿等他呢。却没有。她来过，发现他不在，一分钟也不愿等。

他想向她解释，她不听。他用另一种等待，等待她的谅解，他一直低着头向她解释迟到的原因，却等不到她的原谅。

那时候，他是一名青工，她也是。

追她的人很多，条件比他好的人很多，她有挑拣的余地。与他约会，那真是他应该好好地把握的，等待是他应该做的。

他居然迟到了，她能原谅他吗？

那么多人向她献殷勤，她还让他们排着队，她怎会把时间浪费在等待上？

他们，终究没有走到一起。尽管他非常喜欢她，他的迟到也另有原因。但是，他不应该迟到，这是她的理由。

后来，他一步步努力，从青工向上走，车间负责人，部门负责人，副经理，直到自己创办了一个企业。

他还是会约会。

很多时候，他会把约定的时间忘了，忽然想起来，哦，迟到了。淡淡的，也不算急。赶过去，发现她在那里等，见到他来了，很欣喜的样子迎上去。他们一起去喝咖啡，一起去选购衣物，只要她喜欢，他就负责刷卡。

有时候，他实在忙，赶不过来了，就打给她一个电话，"忙！来不了。"

她接了电话，宽慰说："哦，那下次吧！"

他不用等她，甚至可以临时取消约会。他那么忙，怎么可以把时间浪费在等待上？

年轻时，他为一次迟到，诚恳地解释，希望得到谅解，纵使那迟到有正当的理由，却无从解释。现在，他也约会，却不须浪费时光去等待，在那个时间，伊人早已赴约，等待他及时到来。

有时，等待是一种尊重，及时赴约，把对方看得重要。

有时，等待是一种悬殊，谁低微，谁去等待，并且觉得理所当然。

爱情是平等的吗？即使是喜欢的人，里面也有小小的较量，有优势劣势，不为外人道也。

秋风起

秋风起，梧桐更兼细雨。

凉意阵阵袭来，他走在大街上，茫然四顾，城市的街道上朦胧的灯光泛出圈圈光晕，雨、风虽不猛烈，却更入骨髓。这座城市，在他的眼中变得陌生而疏离。

他的灵魂仿佛要脱离肉体而去，在踉跄中，他只感受到自己的躯体那么僵硬地在风雨里奔走。

脚步在一家小酒馆门前定格，他细细地打量，所有的记忆瞬间闪现在眼前。就是这家不起眼的小酒馆，带给他多少回忆……

那时候，他刚到这个城市，比现在更茫然更陌生，心里却充满了向往，毅然选择这个城市作为奋斗的港湾。

常常在周末，一个人来到这家小酒馆，点两个小菜，喝几盅小酒，所有的疲惫与劳累就会烟消云散。

慢慢地，他在这个城市站稳了脚跟，开始有了自己的天地。他吃得苦，又勤奋，头脑灵活，机会来了就会抓住。

后来，生活逐渐好起来，他还是会来这家小酒馆，一个人静静地喝上几杯，这家小酒馆成为他心灵的驿站。

后来，他和别人一起去过很多大酒店，总觉得没有这个小酒馆令他舒适。

然而，为了应酬，他还是需要在有档次的大酒店预定房间，等待那些客人们一起杯筹交错。

她就是他在一次应酬中结识的，第一次相见，他就对她充满了好感。随着时光的推移，他们接触的机会渐多，聊得也多起来。

有一次，他约她吃饭，他居然带她去了那家小酒馆，而她竟坦然赴约。

在这家小酒馆，他找到了繁华落尽之后的简单，他觉得她是可以娶回家相伴相守的人。

有了她的相助，他的事业发展得更快。他看到了她的能力，放手让她接触更多业务。有了她，他可以抽身去做更多的"外交"工作。

随着业务的发展，公司的壮大，他想和她之间也就水到渠成。

并非他想像那样，她忙得和他一起吃饭的时间不多。有时候，他约定了时间，她却不知在哪儿奔波。

他给她电话，她总是忙，接了电话三言两语就挂了。

他以为，他们之间水到渠成的事，却一直没有进展。

他刻意营造了机会，和她在一起，他们聊得也挺欢，却隔着一层，像在工作，像两块挨在一起的石头，缺少温度。

他隐隐地觉得不对，却想不到是哪里出了问题。对她信任，对她关心，对她提携，对她……

开始的那种感觉仿佛凝固了，与她越来越像上下级。也不，仿佛同事。

秋风起，一夜间降温15℃。

她带着多年经营的所有客户，另起炉灶，他的公司瞬间轰然倒下。他放手多年，早已把她当成亲信，公司信息无丝毫机密可言。

冷意袭透全身，他怎么也想不到她会绝决地离他而去，还毁掉他多年经营的公司。

是什么给了他错觉？

他在小酒馆里坐下，一个人喝着小酒。朦胧中，他看到一个年轻的小伙子，在小酒馆门口茫然失措地徘徊。细细地打量，竟是多年前的自己。

那时的他，一无所有，在茫然中却有无限的向往。

多年来，他悄悄地把许多宝贵的东西丢了——对公司悉心地打理，勤奋地工作。

春夏秋冬，一年四季，交替轮回，每一季都需要有相应的准备，一旦有所缺失，秋风起，冷入骨髓的必将是自己。

小酒馆里，再喝几盅酒。起起落落，从头来过。

停　电

结婚的日子长了，甜言蜜语也少了，原来能克制的火气再也压不住了，夫妻间的摩擦就渐渐地多了起来。先是争执，慢慢地升了级，变为吵架，后来演变为冷战。还好，我们夫妻俩都是文化人，没有发生战争，只是情感被一次次的争吵磨损了。终于在一次狂风暴雨式的争吵过后，妻向我摊牌：我们分手吧！这日子没法过了。

想想以后漫长的日子要在这样的争吵中度过，不如分手。我们两人坐在桌前一样一样地谈财产的分割，电视剧还在继续播放，空调仍然运转，我们躲在舒适的家庭中讨论分手的话题。等一切都爽快地谈拢后，妻去电脑前敲字去了，我在沙发上等妻子打印出来的协议好签字。

协议还没打好，电忽然停了。妻子出来，不声不响地坐在一边，空调停了后，气温片刻之间又蹿了上来。电视剧也没得看了，其它的娱乐也因为没电而"休息"。两人干坐在那儿，要多别扭有多别扭。我就负气走了出来，反正准备分手了，还有啥留恋的。

在外转悠了半天，直到肚子咕咕叫了，才想起口袋里没装钱，翻来掏去，好不容易从裤后的口袋里抠出两个硬币。在大排档要了一碗青菜面，哈哈，竟然是从未有过的美味，瞬间扒拉进肚里去了。好不容易挨到晚上，可去哪住宿呢？去朋友家又不好意思。夜渐渐深了，大街上的人都溜进了叫"家"的怀抱中去了，我一个人漫无目标地游荡着。后来实在累了，就坐在大桥一侧的青石上思来想去。想当初与妻的相识，想两人对未来生活的憧憬，想妻对我的好，想小家庭在我们的双手创造下从无到有、从贫穷到各种家电应有尽有，想到家里的生活越来越舒适可夫妻两人却越来越别扭……越想越感到两人组成的这个家是多么不容易啊！为了这个家，我们夫妻两人都付出了那么多，可是生活在幸福中的日子久了，就感受不到幸福的滋味了，今晚一夜的流浪就让我回想起从前的艰辛时光。那时我和妻都是"外来户"，在这个城市没有自己的房子，每当夜晚来临的时刻，看到别的恋人相拥着进入那个亮着温馨灯光的小屋时，心里就生出无限的羡慕来。现在，我们有了自己的房子，家用电器应有尽有，还缺什么呢？

似乎是在忽然间我明白了，就像刚才的停电。我们的婚姻也停电了！由于长时间的摩擦，线路短路了。停了电后才明白，平时享受的一切总觉得顺理成章的东西都没有了。空调不转了，电视看不成了，电脑没法使用了，网也上不成了……而婚姻停电了，我就享受不到妻那体贴的服务了，可口的饭菜、熨烫整齐的衣服、还有心灵的慰藉……

天快要亮时，我不知不觉地走回到家门口。不知何时，电已来了，屋内的灯光还在不知疲倦地亮着，想敲门，竟发现门是虚掩着的，屋内妻两眼红肿地坐在沙发上不安地等待着我回家。一走进屋里，感到好舒服啊。禁不住拥住妻子，我对她说："我们以后不要再争吵了，好吗？"妻含着泪花的眼深情地注视着我，而后点了点头。电来了，生活又恢复了常态。我们决定以后经常性地维护一下婚姻的线路，让它少些摩擦，不能让它再短路停电了，从此要让生活就这么幸福地进行下去。

一棵开花的树

在漫长的人生旅途中，能偶见一树繁花，于旷野里孑然挺立，绽放出一棵树最美的姿态，会在记忆里定格成一幅画，烙进生命之中。

他的记忆里清晰地存储着那一棵绽满鲜花的树，一直盛开。

他的家在乡村，离镇上有9里多路，考进镇中学时，他才13岁，早出晚归，他用脚步丈量家到校园的距离。

清晨，天边刚泛出朦胧的白，他就动身去校园，星星与月光伴随他。为了驱走恐惧，他边走边背诵课文，这样，就不害怕了。

没多久，他认识了隔壁班的她，和他同路，她的家离学校近些，7里路，有她的陪伴，这路就有了诸多趣味。

一个周末，放学早，她对他说："我们可以走校园后面的小道，近了很多。"

这条路，他从未走过，蜿蜒的河流，岸边长满了芦苇，小径没在草丛里，偶尔有鸟被惊起，一声清脆的鸣叫，展开双翼掠过他们的头顶，向远方的天空飞去。这条小径比他原来走的路有趣多了，且人迹罕至，他们俩走在路上，肆意地欢笑。

一个人默默地背诵课文，改成两人一问一答，不再枯燥。路边不知名的小花随时闯进眼帘，想与她甜蜜的笑声比美。

路，越来越觉得短了，他想，要是有10里，或者20里该有多好啊！

他可以更早地起床，和她相伴着一起去校园。

春夏秋冬，每天都有不同的风景，他与她走在一起，他觉得是那么快乐！小径上的花草、河边的芦苇，也受到了感染，盈满了欢乐。

初三那年，在河的拐弯处，有一棵树从芦苇丛里探出头来，缀满了粉色的花蕾，他们都发现了。这棵树，原来藏在芦苇丛中，并不起眼，等它长大了，开花了，瞬间点亮了那片河湾。

粉红色的小花零落后，树头缀满了青青的小果，一粒一粒，数也数不尽。

他们每每走到这里，就会驻足一会儿，看看青色的小果又长了多少。

学习的任务越来越重了，却并不妨碍他们在这里小憩片刻。那棵树，花满枝头，也盛开在两人的心头。

天气渐渐地暖和起来，离中考的日子也渐渐地近了。树上的小果已长大了，黄了，散发出香甜的气息，在四周悄然弥漫。

那天，从校园里离开，毕业了，这是最后一天上学，从这里一起走过，以后不会再有了。

他的手，她的手，悄悄地牵在了一起。

比往常走得更慢，路却比往常更短，一会儿就到了河湾，那棵树的枝头挂着黄黄的小果，一只小鸟站在枝头，叼食小果，见到他们，一声鸣叫，冲向蓝天，树枝颤抖着，晃荡着，他的心一慌，搂着她，吻在一起。她香甜的气息更浓郁地扑向他，两个人，在安静的天空下，紧紧地拥吻着。

不知过了多久，又一声鸟鸣惊醒了他们，两个人急急地松开拥紧的身体，松开潮湿的唇。

芦苇在风的吹拂下，轻轻摆动，把熟了的果子香吹向远方。

她考上了县一中，他考上了市一中，他们就此别过。

河边的芦苇还会年年疯长，那棵树还会年年盛开鲜花，结出满枝头的小果，只是，河边的小径上，不会再有他们结伴一起天天走过。

时光匆匆流过，那些生命中一起走过的人啊，记得要好好地珍惜！一棵开满了花的树，成了河湾的风景，也成了路过这里的人心灵中的景色，储存在记忆深处，永不褪色。

爱之殇

她比他大三岁，他喊她姐姐。他们从一个村子里走出来，她读医学院时，他正念高一。

不知为什么，她爱他，爱得心痛。她把舍不得吃的，都给他吃，她为他节俭生活，按时把余下的钱送给他。她为他做的一切，都心甘情愿。

她毕业后进了一家医院，他高三却落了榜。她说："你复读，我工作了，可以供你。"她比以前更加关爱他，给他买水果，可口的食物，还亲自下厨去为他做羹汤。她要把他照顾得好好的，考上大学，然后再结婚、成家。

第二年，他依旧没有考上好的学校，他有点垂头丧气。她给他打气，屡败屡战，才是男儿本色。屡经挫折，才能磨炼出坚强意志。无奈，他又走进学校，做了高五的学生。

他没有心思读书，居然爱上了写作，随意涂涂抹抹的稿件，投出去也能在刊物上发表。他把高五的无奈与内心的彷徨、痛苦都写进小说，让一群复读生们找到了知音。

结果不出所料，他的成绩每况愈下，连前两次考试都不如。

没有工作，没有收入，没有住房，他在城里唯一能去的地方，就是她租来的房子。他说他要写作，要像韩寒、郭敬明一样，他说得真诚，她听得仔细。她没有嘲笑他，觉得他是认真的。

他可以堂而皇之地住下，不用交租金，也不用担心伙食，一切由她供着。他没日没夜地写作，在外面发表的作品也愈来愈多，报刊亭随意拿起一本杂志，都能看到他的作品，他的名字随着作品广泛传播，被更多的读者知道。

他的QQ上有许多女性网友，经常聊得热火朝天，眉来眼去，打情骂俏，她若走过来，他就会解释，是编辑在约稿，美女编辑都这样热情的。她一点都不怀疑，他在她意识里，就像一个长不大的小弟弟，纵使顽皮，也是可爱的。

从一个文学爱好者，成长为一名畅销书作家的路，是漫长的。他待在她的房子里，一点点地朝理想的方向走去。她则全心全意地支持他。

他外出参加笔会，她给他买新衣，添置笔记本、数码相机，他带着这些东西在笔会上为文友们服务，当仁不让地为许多美女们摄影，与她们搂肩搭背，回来，还指给她看。她隐隐有些不悦，他说："这有什么？文学女性都是开放的，浪漫的。"

她想发作，他却无所谓的样子。

后来，他的作品越来越有影响，读者也越来越广，出版的书籍成为书店的抢手货，被摆放在显眼位置。她想：他不读大学，也一样可以成功。她就有了满心的欢喜。

他去外地签售，他去各地做讲演，网络上的视频随处可见。他帅帅的样子，口齿伶俐，赢得许多小女生围在身边。

有一天，他居然把一个漂亮的女生带上门，这可是她的房子啊！她终于发怒了。他却不以为然。

那天，他和她坐在一起，告诉她想离开。她忽然觉得天旋地转，整个世界都轰塌了。他说得轻描淡写，波澜不惊，她的内心却浪涛汹涌，天翻地覆。她为他付出了多少光阴、多少财富、多少心血。

他为什么如此冷漠？

他说："我从未真正地爱过你，也从来没有向你表白过。"

是啊！这一切，都是她心甘情愿的，从未听到过他说爱。

纵如此，她依然不舍。不舍这多年的相依，不舍这多年的情感，不舍这深爱的人就要离开。

她递过一杯饮料，说："这里面有药，喝了会死。你若真的非离开不可，你就喝下去，我不留你。"

他接过一饮而尽。

她原以为他不会喝，想不到他却丝毫的犹豫都没有。药性很浓，他说："我不后悔，这样就还给你了。"

她终于明白，他说的一切都是真的。他不是无情，也不是无意，只是他不曾爱，一切都是自己浸在这份情感里太久了。

她赶紧拨打急救电话。

她忽然明白，她还是那么爱他，但是愿意给他自由。那么多年来，她只是像爱弟弟一样爱着的男孩。她抚摸着他的额头，吻下去。

安　慰

她怎么也不会想到，丈夫会和她离婚。曾经的恩爱夫妻，令人羡慕的一对伉俪，如今却要劳燕纷飞。

她内心的痛，无人能知。回忆两人一路走来的点点滴滴，尽是恩爱，相互搀扶，就像高速行驶的车，忽然间就冲到了悬崖，没有一点征兆。

愈是想念从前的恩爱，愈是感到心痛不已。阳光暗淡了，狂风吹起，冷雨击面，短暂的时光，她已显出苍老。

丈夫决绝地离她而去，没有人能够挽回，而她，为了最后的尊严，也不可能低下高傲的头颅。

在别人面前可以伪装自己，在朋友面前，却任凭泪水在脸颊上肆意横流，她的痛，朋友当然知道。

被自己最喜欢的人抛弃，顿觉失去了整个世界，身体早已不属于自己，只剩下哭泣的灵魂在飞，无依无靠。

任何宽慰的话语，都显多余，更觉苍白。

朋友只能静静地陪着她，任时光悄悄流逝。

也许，最好的宽慰，就是和受伤的人一起舔舐伤口。

朋友不离不弃地陪伴，却无法减轻她内心的疼痛。

再长的暗夜，也会有天亮的时候；再深的疼痛，也会有平复的时候。她不知道，这样的日子要多久才会到来？

她不想太多连累朋友，假装坚强，努力做到表面平静，让生活继续。

泪水不能向外流，就在心里流淌，如果泪水也能在心里留存，那么早已一片汪洋。

……

不知过了多久，她已习惯了一个人的生活。即使仍有疼痛，也不再无比伤心。

有一天，她在浏览网络，看到最喜欢的一位女星宣布自己离婚，曾有的疼痛于一瞬间消失得无影无踪。

也许，最好的安慰并不是万能的时光，而是有喜欢的人和自己过着一样的生活，并且给自己带来一片光明与巨大能量。

杯水爱情

他喜欢喝茶，在这个年轻人都爱咖啡与酒的时代，他就像是一件经年的文物。

他不喜欢外来的时尚，对传统的中国文化元素情有独钟。

坐在茶室里，点一杯毛尖，看窗外川流不息的车流与人群，恍然脱离尘世之外。

几叶毛尖蜷缩一起，落在杯底，像是抱紧了，不肯打开心扉。

初入尘世的人，大概也是如此。需要温度，需要热情，才可以令其舒展，还原最初的本真。

他静静地凝视着杯子，在等待充满温度的水注入，看茶叶在它的热量下不断起伏。

服务员过来，为他注入热水，瞬间，杯底的茶起伏不定，在水里随着水波升腾与降落。

一颗心，要是没有温度为其提供能量，是不会随意打开的。只有给其足够的热量，才会慢慢地舒卷身姿，恢复真性情。

他想起，那个最初认识的女孩，他苦苦地追了好久，一直受到冷遇，她就像北极坚冰，拒绝融化。

他为她着迷，只能以更有热情、更有力量的心去温暖她。

精诚所至，金石为开。

她在他的感染下，就像随着热水升起的茶叶，慢慢地舒卷开。他可以进入她的心灵，与她沟通，领略她的精神世界，品味她的独特滋味。

他轻啜慢品，细细地领略茶的妙处，清淡，却悠远，不像咖啡浓烈，不似酒的激情。

他想起她，话不多，一旦说出口，坚毅、执着。柔弱的身躯里，藏着茶的品性，淡若细丝，却贯穿始终。

他深深地爱着她，愈久愈爱，亦如他爱茶。

他再低下头，轻饮，茶香，若有若无，却一直在，飘浮着，嗅得到，就像对她，从来不曾忘却。

水续了三次，虽然味淡了，但是依然令他沉迷。

他想起，他们的爱情。后来，也像茶水一样，随着时间地推移，变得淡了，她有些不安。

他对她的爱从未改变，却无法再像从前一样，令她沸腾。

有争执，有和好，有猜忌，有坦诚，在不断地纠缠下，一遍又一遍地交织，终于淡到若有若无。

他喝完杯里的最后一口水，起身离开。

杯子里有残渣，零乱而溃败地沾在杯子底部。

他又想起与她最后的片刻，她眼神里有死一般的冷酷，她又恢复了冰的状态。

他是那杯底的残茶，还是她成为杯底的残茶？

一场突然而至的雪

出门的时候，天气好像没有什么变化，风微微地吹，也并不觉得冷。他走在大街上，无暇在意身边川流不息的人群。

难得的周末，他惟一想去的地方是书店，不仅身体需要放松，心灵也需要休憩。与大街上的繁华不同，书店是一个安静的地方，三三两两的顾客，在书架间穿梭。排在架上的书，就像一个个智者，并不在意顾客的态度，它们以自己的方式固执地立在书架上，站成一道美丽的风景。

无缘的人，来来回回，一次又一次擦肩而过，即便唾手可得，也不会转身捧起那本书。书站在架上独自等待，看人来人往。

一样的书，遇到不一样的人，就会有不同的命运。

他在书架前仔细地搜寻，书脊透出的信息，被他一一捕捉，他在寻觅属于自己的书。目光在一排排书上扫描，忽然，一本书映入眼帘，他伸手去抽，匆忙间，他的手搭在她的手上，他看到一个美丽的女孩，脸色绯红。

他正要取的书，她也相中了，要取。两只手，就在那一瞬间，落在了一起。

书只剩下一本，他虽有不舍，仍绅士地谦让，"你先看！"

她嫣然一笑，取过书，"你也喜欢村上春树？"

"是啊！只要有他的新书，我就会买。"他像是对一个相识已久的朋友般说道。

他的话，一下击中了她，她的心就像被灼烤一样，瞬间升了温。

他们就在书架前，有了热烈的交流。话题从村上春树慢慢扩展开，向更远方向延伸。

他们在交流中忘了时光，等他们发觉，才发现书店里已人影稀疏。

店外，不知何时，一场突然而至的雪漫天而降，天地间一片苍茫。

两个人，相视一笑，竟手挽起了手。

两个人，在雪地里漫步，有温暖在心头荡漾。

他送她回家。是这场雪给了他认识她的机会，还是那本书，让他与她瞬间相识？

有些人，朝朝暮暮在一起，也只是熟悉罢了，没有机会走进对方的心灵。

有的人，虽是初次相遇，瞬间就电光火石，激烈地燃烧起熊熊烈火。

一本书，是了解，是开始；一场雪，是机遇，是氛围。

人生中有许多突然而至的事，怎么也不会有一场突然而至的雪浪漫。

一个人生活

秋意渐浓，站在窗前，穿裙子的她已感莫名的凉意隐隐袭来。窗外一片金黄，天空是格外地蓝，几只鸟在天空飞过，忽然有一片树叶飘落，她恍忽间觉得有一只鸟坠落。

夏是在不经意间溜走的，炎热似乎并未给她留下多少痕迹。当秋来临，她就敏锐地察觉到了。

室内有些空旷，一个人在房间里四处行走，悄无声息，墙壁上晃过的身影好像是别人在穿行。

凉意在身边弥漫开来，慢慢地将她包围。

她想起曾经熟悉的男人来。

林，一个身材高大，笑意挂在嘴角的男人，大学同窗，相恋了四年，一直认为会进入婚姻，却不曾想于最后时刻，他会执意离去。

林是爱她的，对她几乎百依百顺，面对她的挑剔与为难，从不放在心上，就那么包容她，呵护她。

她有时想，这样的男人，就是上天赏赐给她，让她用来使唤的。

不料，再听话的男人，也有不听话的时候，积沉得久了，再大的胸怀，也有溢了的时候，他终于受不了她的无理取闹。当她意识到自己的错时，已无可挽回，林决意离开了。

她以为，林会一直这么包容她，像对待一个女儿，像对待一个情人，像对待一个永不会结婚的恋人。

离开，痛了一阵，就平复了。

峰走进了她的生活。

峰是多才多艺的男人，她被这样的男人吸引，甘愿为他鞍前马后奔忙，她像是变了一个人，乐意听峰的使唤。

她帮峰租房子，帮峰联系画展，帮峰寻找赞助商，她似乎成了峰的经纪人。看到峰在绘画上的成就，她觉得付出再多也值得。

峰玩艺术越来越出名，对她却兴趣锐减。

峰身边从不缺少女人，一个艺术上成名的男人，会有许多女人像蜂一样围绕着。

她开始还忍着，久了，终于受不住，与峰大吵起来。

峰好奇地问她："为什么要和我吵。"

她想了好久，也找不到理由。

她是他什么人？

女友？经纪人？

都不是。

既然不是，又有何理由去吵闹？

她一厢情愿地围绕着峰，不过是他不花钱的雇工。

这样的两个人，是没有缘份继续的。

后来，还有一些男人走进她的生活，却不能令她的心泛起一丝涟漪。

好的男人有很多，有的女人可以顺利地遇到，有的女人终生无法靠近。

当好男人出现了，来到身边，一定要珍惜，等错过再后悔，已无半点用处。

而不属于自己的男人，就不要开始，哪怕他再风流倜傥，也不会属于你。

懂得相处，懂得珍惜，才会在缘份来时，紧紧地把握住，有一份好姻缘。否则，一个人生活，就不要怕凉意侵袭。

不要那么多

他们相识相爱的时候，他的父母是极为反对的。他的家庭富裕，家族企业在当地很有影响力。她的家庭普通，父亲是位中学教师，母亲在一家小企业里上班。

爱情的能量是巨大的，他的父母虽然竭力反对，但是无法阻止他们在一起。

不论他的父母如何刁难，她都一笑置之，该她做的事，她依然认真去做。他们一起去见他的父母，她甜甜地叫叔叔阿姨，他的父母冷淡地应着，那声音仿佛是蚊子在轻吟，她一点都不计较。

他的父母说她有心计，为了得到他们的儿子，能隐忍，城府太深。他明白，不是那回事，她只是喜欢和他在一起。

既然那么相爱就让他们去爱吧！父母的反对不起作用，也就漠然处之。

他们的婚礼，他的父母还是去了。只是在她建议下，婚礼从简，他乐意听之，他的父母虽然不悦，但也没有反对。

他的父母与她的父母，在婚礼上才第一次相见，寒暄也是极为敷衍，简单而且漠然。她的父母极为不悦，她劝父母，不必太在意，她和他在一起，他们相爱，这是多么值得欣喜的事。

她的父母深爱女儿，听了女儿的劝说，也就隐忍了。看着女儿女婿，欢欢喜喜，也就觉得女儿的话颇有道理。

他家是豪华的别墅，婚后理所当然地应该住在家里。她却和他的父母商议，他们想在她单位近的地方住。他的父母想拒绝，却又找不出合适的理由，婚前的反对可以赤裸裸，如今她是他们的儿媳，说话也不能太无理，就随他们自己决定。

她看中了一套房子，不大，他觉得太小，她说，我们先住着，以后条件改善再换更好的。他理解她的想法，也就勉强同意了。

她的闺蜜知晓她嫁入豪门，去她家，看到她的住房，一点都不相信。她满足地笑着回答，"挺好的啊！"

他们外出旅游，开着自己的小车，住连锁酒店，和普通的小夫妻并无不同。

她的亲友说她不值，如果不找这么一家所谓的"豪门"，她那么乖巧、聪明，一定可以找到非常理想的伴侣，过的生活会比现在好多了！

她回应道，"和喜欢的人在一起，就是幸福啊！"为什么非要想着他是富家子弟，想着他的背景和财富。

他的父母虽然反对过他们在一起，可最后也没有拒绝他们相爱结婚啊。

他的家族企业，是他们上一辈人奋斗多年获得的，为什么要想着别人的财富呢？

和相爱的人在一起，用自己的能力去生活，安安静静的，不就是自己追求的幸福吗？

她的身边为什么会有那么多人产生她生活不如意的错觉呢？那是因为对他家族的财富动了非分之想。

不要那么多，只和喜欢的人在一起。这才是爱情的真谛！许多经历丰富的人未必有年轻的她这么豁达。

纯白色

那个喜欢穿一袭白色长裙的女孩，大学毕业就穿上了白色的护士服。白色，那么纯的颜色，那么美的诱惑。

很小的时候，她就喜欢白色，白色的小皮鞋，白色的小袜子，白色的小衬衣，连发卡，都是白的颜色，就像一个小天使，在人间行走。

她爱干净，小手总是洗得白白的。画的画，是蓝蓝的天空，几朵白云在飘。写的作业，干净得像印刷品，从不涂改，连橡皮都不用。看的小人书，从不折页，而是用小小的书签，上面的图是自己配的，文案是自己写的。

她的脾气好得像一个成人，从不和别的小朋友吵嘴，看到别人争执，她就会轻言相劝："都是好朋友呢，就让着一点啊！"许多小朋友，都喜欢和她一起玩，也喜欢听从她召唤。她的身上有着一股魔力，吸引别人。男孩子、女孩子都喜欢她，和她说知心话。

她的成绩那么好，完全可以去更好的大学读书，她偏偏喜欢白色的护士服，喜欢去医院工作，选择了一家护理专业的学校。

在医院里，病人都喜欢她，喜欢她嘴角甜甜的笑容，喜欢她轻声的问询，喜欢她不急不徐的状态，病人见到她，苦痛仿佛就减轻了几分。

病床上的一位阿姨，知道自己的病情，悲观绝望，亲人的劝解与泪水无法唤回阿姨对生活的信心。

她格外关注这位阿姨，经常陪她聊聊天，有时还会扶着她去医院后面的花园散步。久了，她才知道，阿姨有一儿一女，女儿在婚后第二年，因为难产而去世，儿子定居国外，很少回来。老伴为了照顾她，身心俱疲。

她知道阿姨的情况，更加用心照顾。

她知道仅凭劝慰，无法缓解阿姨内心的苦闷、绝望，她像一个女儿照顾妈妈一样，照顾阿姨。

人生和四季一样，如果明白了春夏秋冬的轮替，就会知道生命的开始与结束一样不可避免。在有限的时光里，珍惜光阴，用心体会亲人的情与缘，感悟尘世万物的交替。

阿姨与她的交流渐渐多起来，也不再沉浸在即将离开尘世的绝望中。她仿佛真的成了阿姨的女儿，和她再续一段情缘。

那天，阿姨的儿子风尘仆仆地赶到母亲的病床前，尽一份儿子的孝心。

她的细心与关爱，尽落阿姨的亲人眼中，尤其是阿姨的儿子。

阿姨仿佛是一位使者，把她与阿姨的儿子牵到了一起。

他对她心动了，30年来未曾有过的悸动，心如撞鹿。是天使，是人间精灵，是久久守候苦苦期盼的梦中情人。

她在接触中，对他有了几分好感。

他说：我会带你去美国，去和我一起奋斗。

她说：你回中国，和我一起努力。

他愣了，他从未想过要回国。多年的努力，多年的拼博，才在美国站稳了脚跟，取得了绿卡，怎么可以轻言放弃？

她从未想过要去国外工作、生活。在中国，在医院里工作，为自己的梦想绘上彩色的图案，是多么有意义的事！

他知道，看似单纯的她，有多么执着！

他犹豫了良久，终是不舍。

他和她说：回中国，回你身边。

也许，未来会有许多变数，但是只要有机会和她在一起，他就感觉值得。

爱，可以改变一切。

那天，她穿着洁白的护士服，和他并肩走在一起，阿姨看在眼里，忽然觉得春天盎然的绿在心中悄然萌动。

看见爱

遇到他时，正是她生命中最为低潮的时候。夫君因为意外离她而去已有3年多，孩子需要抚育，更需要陪伴，工作一如既往的忙碌，家里家外，让她身心俱疲。公婆对她怜惜，能帮的会主动帮忙，亲友也会不时给予照应，但别人的帮忙解决不了她面临的许多难题。

公婆主动劝她再去找个人，成个家。她考虑过，这是可遇而不可求的事。婚姻与爱情看似简单，却充满复杂与琐碎。

遇到他，她的心动了。

他朴实而令人信任，就像一棵树，可以依靠，可以遮风避雨。

她与他提过孩子的事，儿子越来越大了，当他问起爸爸，她再也无法回避，搪塞无法解决儿子的困惑。儿子不仅需要妈妈的疼爱，更需要爸爸的陪伴与引导，对男孩子而言，爸爸是他的人生导师。

当她看到他与儿子手牵手的背影，她的心涌起了热浪，是她盼了好久的画面。这个男人，可以给儿子带来她不能给予的关心与爱。她决定和这个男人走到一起。

那天，他们去领了证，公婆、姐姐与姐夫、弟弟与弟媳，丈夫的一家人都聚在一起，像是嫁一个女儿，把她交给了这个男人。

她与丈夫在一起生活了4年，却好像度过了漫长的时光，她与他的家人，水乳交融，情投意合。

出了这个门，和他在一起，会有什么样的未来？她虽有憧憬，但不敢过份描绘，她怕期望过高会失望变大。

儿子似乎与他有缘，亲密无间，他也耐心陪伴孩子，和他下棋，陪他打球，一起跑步，他的坚持与付出，让她的心温暖如春。

她似乎看到前夫的身影，他们就是那对恩爱有加的夫妻。

一个周末，他对她说："去看看爸妈。"

她就去收拾，准备礼品。

他开车的方向，却是她原来那个公婆的家。

她的心沸腾起来，却假装无动于衷。

车到了，他下车，拎着礼物，挽着孩子的手，她跟在后面，一起去了老人的家。

她的公婆很意外，也很欣喜。他们的儿媳回来了，他们的孙子回来了。他上前，亲热叫道："爸爸，妈妈。"老人开心地应了。

那一刻，她有泪水盈上脸庞，发自心底的幸福泪水。

原来的一家人，姐姐与姐夫，弟弟与弟媳，闻讯而至，围在一起，亲亲热热。

曾有的一丝担心，如蒸汽挥发，悄无影踪。

爱，是看得见的。

她看到，公婆把她原来住的地方一直留着，那个房间还是她在的样子，他们在心里是渴望她能够带着孩子常回来看看的。

未曾想，她回来了，带着他们的孙子回来了，还带来了丈夫，一个男人，就像老人的儿子。

那晚，她依在他的肩上，宛若倚着一棵树，却感觉比一棵树更温暖，更强壮。从他的眼眸里，她读出了男人的宽厚，男人的爱。未来的画面在她的眼前瞬间明亮起来，她的心飞驰在广阔的画面中，向前奔跑……

放手也是一种爱

他们之间原是有爱的，经历了那么多曲折，才走到一起。

他是富家出身，她是一介平民。

他们牵手的时候，许多人都说她是灰姑娘变成了金凤凰，连她的父母也喜悦如莲。她内心虽有小小的不安，对未来没有多少把握，但是在别人的羡慕中，还是充满了希望的，未来的天空至少不再阴暗。

生活完全不是她想象的那样，富裕的生活，也不是瞬间就可以享受的。她甚至无法适应富裕的状态，而他是习惯了这样的生活，对她的惊诧状有点不可思议。

一种生活状态，是需要长久的时间养成的。一个人，从一种习惯进入另一种习惯，不会即刻调整好状态进入角色。一棵树，被挪了窝，还要养息一段时间才能生根发芽，何况是人？

她，就获得了他家人的异样目光，她能敏感地捕捉到。她害怕别人对她有过多关注的目光，却因为她处处显得拙劣的行动，引起更多人投注而成了焦点。

她感到委屈，感到压迫，感到窒息。

她想向他倾诉，却得不到他理解，也得不到他半点怜惜。

她想不明白，他怎么可以这样对她？

他也想不明白，她为什么连这些日常的行为都这么稚拙？她的聪明哪里去了？

或许，他们之间的裂痕就是从此刻开始的。弥漫的裂痕扩展到遮盖住她的头顶，盘旋不去。

不能说他不爱她。当初，他是顶着众多人的压力，非要娶她的，他承诺的，都努力做到了。可是，当她进入他的家庭，却没有想象的享受与荣华，她就像一只偷闯进豪华住宅的小老鼠，在众人的目光下，找不到自己的位置。

她彷徨、纠结、郁闷、无奈。

她想改变这一切，却往往会发生新的过错。一只奢华的花瓶，她想小心翼翼地搬动一下，为这里打扫一下卫生，却打碎花瓶。她想把珍藏的书画晒一下，却不懂那些东西不能直接摆放在阳光下。

她不明白，即使是一个午后的慵懒呵欠，也透露出她与他们之间的距离。有时候，不是跨进一个门，就可以走进一个家。她睡在他身边，却愈来愈觉得遥远。

开始，他还会在众人面前维护她，给她一个台阶，久了，一切都习以为常。哪怕别人发出惊叫，他也只是默不作声。

她不是没想过自己的处境，也想过若是离开现在的这个环境，会恢复正常。她与他聊过，可是他习惯了养尊处优的生活，不愿离开这个家，陪她去别处。他爱这个家的舒适甚于爱她。

她在内心有过无数次挣扎。离开他，离开他，离开就结束了这场噩梦。终于，她决定了，她要重新开始自己的生活，她不愿意这样胆颤心惊地过日子。

她的父母气，她的朋友说，她的亲戚劝，没有人能挽回她的决定。他们都不懂她的生活，甚至，他怕也是不懂的。当她说出了好久的想法，他也只是淡淡地吐了一句，"随你吧！"淡得如一杯白开水。

终于，她又回到了自己的状态。她找到了自己的信心，也找到了自己的位置。那个家，再好，没有她的立足之地，又何必流连？

她是聪明的。有些东西，固然华美，倘若无法融入生命，就只能舍弃。为一个人，可以放下身姿，却不可以忘却自己。其实，放手也是一种爱！

恋曲1990

　　1990年，她19岁，他20岁。他们在同一所大学读书，她大一，他大二，一个偶然的机会，因为一起参加系里的一个活动，惊鸿一瞥，她深深地吸引了他。

　　她气质超群，双眸灵动，随意的一袭长裙穿在身上，惊若仙人。喜欢她的男孩太多，她却对谁都难得青睐。

　　他悄悄地打听她的消息。她来自大都市广州，父母是一所名校教授。他却来自苏北乡村小镇，父亲经营一家小酒店，母亲无业。

　　他们之间是天与地的距离，他感到深深地绝望。

　　星星在天空闪烁，不论有多喜欢，都无法摘取。如果星星就在身边发出耀眼光芒，那么就令人欲罢不能。

　　若是抛开俗世的一切，他与她并没有多深的鸿沟。她美丽，他帅气；她伶俐，他多才；她口若悬河，他伶牙俐齿……

　　只是，他有着深深的自卑，令他觉得他们之间的距离无法跨越。

　　系里只要有演出活动，他就会积极报名，因为这是与她接触的最好机会。

　　舞台上，也只有他才可与她匹配，她的舞蹈，他的歌声，堪称绝配。

　　他的笛子，她的歌声，引起场上雷鸣一般的掌声。

　　只有在舞台上，他才会觉得与她在一起是真实的。

　　他与她交流舞蹈、音乐，她也会说些自己的观点。这样的时刻，两人是默契的。

　　有一次，两人代表学校去参加比赛，行程三天。他觉得这是一个非常好的机会，他们有更多的机会单独在一起。三天，除了探讨纯粹的业务，她并不多说。她的冷，让他明白两人之间有多远的距离。

那次比赛，他用全部身心，唱出了自己真实的心声，赢得台下雷鸣般的掌声，她的歌声，也格外动听，在他听来，只有技术，缺乏热切的真情。

从此，他把对她的爱恋深深藏在心底。他发奋努力，争取早日出人头地。大学毕业之后，他被美国一所名校全额奖学金录取，继续深造。

很多年过去了，他成为一家跨国企业的中国区总裁，事业如日中天，早已成家立业，心中却对她依然念念不忘。

一个偶然的机会，打听到她的消息。他忍不着去看她，不一定要惊动她，只要想看看她现在的模样。一个中年妇人，风采还有，却早已不似当年那般令人倾心难忘。微胖的身躯，额头上几条皱纹，还有略显疲惫的神态，早已形同常人。

朋友告诉他，她一嫁再嫁，先是官宦子弟，后是巨贾商人，再是大学教授，生活虽然过得去，却是一波不及一波。

他的内心生出莫名的失落，常常念想的那个女孩如果当初真的和他生活在一起，会是什么模样？

假设真的她和他在一起，他也未必是现在这番模样。

他爱的，只是1990年的那个女孩，那个他无法触及的宛若天仙的女孩。他的感情沉浸在1990年里无法自拨，那是一场美妙的梦境。倘若梦想成真，那个曾经念念不忘的佳人，也许会和现在的中年妇人一样，早已落入凡尘。

哪一个年轻人不曾有过这样值得用一生去铭记的深深恋情？

两个人的世界

他们那时候正处于火热的初恋，恨不能天天纠缠在一起。他们期望两个人在一起，不要别人的喧哗，不要别人的打扰。两个人，仅仅是两个人的世界，会是多么地奇妙！

他们开车去了远远的旷野，一直行到车子进不去的地方，两个人又步行走了很远，直到车子成了遥远的一个黑点，才选择一个地点停下。两个人聊天，谈情说爱，毫无顾忌地笑，肆无忌惮地接吻，这世界，一切都成为看客，天空飘浮的云，唧唧喳喳飞过的鸟，时有时无的风，轻轻吟唱的芦苇，欢快奔腾的小溪，它们都只能看着他们在爱的海洋里自由地航行。

从前，他们在一起时，要时时担心别人的偷窥，关好门窗，拉上窗帘，连说话的声音都要细细的，房子的隔音效果太差。如今，在这片广袤的田野上，一切都是公开的，令他们格外自由舒畅。

整个上午，他们都是这样待在一起，拥抱、抚摸、依偎，即使什么也不说时，相互凝视，都那么令人激动。他们构想，要是在这里建套房子，两个人就这样生活在这里，多好！

他说："在这里生活？不会吧！要去哪里找水？要去什么地方生火？连柴米油盐都弄不全，甭说洗澡、睡眠了。"

是的，这些问题都解决不了，如何生存下去？

她被他的话提醒了，想想也对。要吃饭，要穿衣，要生病，要求学，要工作，这里怎么会是天堂呢？

他说："如果这里好，人们为什么偏偏要向高昂房价的城里奔？"

原来，这里的美妙，不过是他们现在浪漫爱情需要的，他们不想别人打扰他们的清静，不要说长久，即便几天，也会发现这里的不合时宜。

两个人的世界，在爱情里是美妙的，在生活中，就有点浪漫过头了。爱情的甜蜜令人暂时忘记了肉体的吃喝拉撒，而肉体需要的是周到的服务，稍稍怠慢，就会令爱情的甜蜜大打折扣。

为什么爱情总是甜蜜，而婚姻却令人丧失激情？因为爱情活在幻想里，婚姻回归了尘世。两个人相爱时，大概是不需要世界的，最好的空间都被两个人塞得满满的。不过，回到生活中，两个人解决不了所有的事情，无论多聪明的人，都需要更多的人相互依靠。那么多的人，各行各业，高尚的，低贱的，卑微的，风光的，组合在一起，才成为这个多彩的世界。所以，两个人的世界，只能在想象里浪漫一回，终究不可以放在婚姻里去实践。

回不去了

第二辑

回不去了

他是在去广州旅游的途中认识她的。她是他们那个旅游团的地陪导游，在车上，她悦耳的嗓音，快乐的笑容，敬业的精神，都令他难以忘怀。

她是那么漂亮，却一点也不娇气，上车下车，帮助旅客提包，搀扶年龄较大的客人。

他在那一刻，对这个女孩有了好感。在一个景点，是自由活动，他鼓气勇气对她说："可以留一个手机号吗？我怕这里环境陌生，不好找你。"

她爽快地告诉了他。她的手机号码，许多游客会在自由活动时向她索要，防止走丢。

后来，他结束了旅游，也会发个短信向她问候一声，她会偶尔地回一个短信。

这样，他们开始了恋情。

他在长沙，她在广州，他们两个人依靠短信、网络、电话，聊起来了。

随着话题的深入，情感的浓度逐渐上升。他们已不满足于短信里聊天，电话打到发烫。后来，他着急想要见她，于一个周末，不管不顾地坐上火车，奔她而去。

那个周末是快乐的，两个人和其他相恋的年轻人一样，手挽着手，头靠着头，走在南方的大街上。

周一就要上班了，现实的严酷提醒他们，他必须要在周日的晚上赶回长沙。

这样，每个休息的周末，他都要奔她而去。他手里有厚厚一叠火车票，记载着他们爱情的历程。

她心疼他，却不能改变两地相恋的状况。他们的经济状况都不尽如人意。

她决定去北京发展，那里的机会多，收入高。

他也同意，等她落下脚来，他也会奔她而去。两个人再一起努力，会有美好的未来。

她的学历不高，能力也不算出类拔萃，自然难以找到满意的工作。后来，在一个朋友的帮助下，找到一家模特公司，相中了她的身材，签下了三年合约。

她不愿告诉他真实情况，只是说在公司里做文员。

他多次要来北京，看看她，都被她以各种借口推托了。她不愿意被他看到，她虽然满意目前的工作状况，还是不想让他知道工作真实的环境。

偶尔一次，他打她电话，听到电话那头嘈杂的声音，还有各种男女混在一起的嬉笑声。他再也忍不住了，不需要等她同意，他就买了车票，奔她而来。

那天，她正在公司里拍一个内衣广告，穿着暴露，充满了诱惑，他的突然而至，令她有些猝不及防，两个人都呆在那里，像雕塑。

他想象不到，以前那个单纯可爱的女孩，现在成了一个用美妙身材诱惑别人的女郎。如果这个人与他无关，他也许可以一笑置之，可现在，她是他的女友，他难以接受。

他劝她，离开这个模特的行业，重新找份工作。

她无动于衷。

"别的行业，能有这个工作的收入高吗？在别的行业，累死累活，不敢买喜欢的衣服，不敢买需要的化妆品，更甭谈将来的美好生活了。"她诘问。

"怎么会是这样呢？钱再多，也不能出卖自己的色相啊。"他有些恼怒。

"这怎么了？我有这资本，用来换取收入，合理合法。"她不屑他的恼怒。

想到以前，那些他在火车上奔波的日子，还有那个青纯美丽的女孩，他再也找不到了。

他要向南, 她要向北。

没有对错, 只是各人对生活方式的选择不同。

他再也不可能牵着她的手, 走在大街上, 一起奔跑、一起欢笑, 她渐行渐远。他只能望着她的背影, 无奈地看着。

他要的, 她要的, 已经是两个方向的目标。

有人安于清贫, 有人乐于享受。

有人努力奋斗, 有人随遇而安。

这些, 只是他们自己的选择, 别人无法阻止。生活有一万种方式, 就会有人选择一万种生活里的种种。

再也回不去了。

他们都不是以前的那个了, 他不是, 她也不是。

既然回不去了, 就放手, 祝福对方, 有一个美好的未来。

从此, 分道扬镳。

不爱了

　　最初，她和他是自由恋爱，他高大帅气，她美丽可爱，两人一见钟情。

　　相爱是美好的，两个情浓意浓，不久便步入了婚姻。

　　上班、下班，居家过日子，偶尔去看看电影，也会在假期去外地旅游，生活过得波澜不惊。

　　双胞胎女儿的降临，给他们的生活带来喜悦，也带来慌乱。他们在城市租着房子，月薪并不高，两个孩子的降临，令他们的生活节奏完全乱了。

　　他想到了父母，都已退休，可以请他们来帮忙照顾孩子。父母是爱孩子的，听到儿子的召唤，毫不犹豫地奔来。

　　租来的房子小，原先是二人世界，虽小，却也温馨，房间里张贴着她的浪漫想像，也贴有他的球星偶像。当两个女儿挤进这个小小的世界，就够局促了，如今又添了父母，小小的房间更加捉襟见肘了。

　　忍让是必须的，时间长了难免有龃龉。婆媳之间最先擦出火花，有了争执，父子俩灭火的速度没有跟上，小小的家里就火星四贱。

　　媳妇一肚火气，婆婆也满腹委屈。

　　公公出手化解，公婆俩带着新出生的一对孙女回老家。媳妇不愿，儿子想不出更好的办法，最后也只能如此。

　　以为一对小女儿离开，日子就可以回到从前，却再也找不到以前的温馨了。世界变了，牵挂的人变了，需要负担的东西多了，矛盾也就层出不穷。争吵就会在两人之间随时爆发。

　　她把更多的精力与时间花在工作上，她想更好地发展自己。他在工作之余，来回奔波，既要照顾一双小小的女儿，还要安慰父母。年迈的父母帮自己照看女儿，这已帮了很多忙，怎么可以再去要求父母更多地付出。

天平是在此刻开始倾斜的。

因一对女儿的出生，她开始意识到自己的责任。

因一对女儿的出生，他开始繁忙地奔波，他想要经营好自己温馨的小家，也想兼顾父母的大家。

她在工作中付出了心血与汗水，就会收获相应的回报，她在职场有了自己的天地，职位一再升迁。

他在工作之余，要照顾家人的感受，心疼父母，也牵挂女儿，一切都勉勉强强。

有一天，她向他提出要好好谈谈。谈什么呢？他看到她郑重的样子，觉得她有些陌生，面孔似乎不再是妻子的模样。

她要的，不是他现在的样子，她想要一个努力上进的丈夫，可以长成一棵参天大树，给她依靠，为她和家遮风避雨。

他却不能，他只是一个普通的男人，努力工作，好好照顾家人，有一个温馨的家庭，就是他的理想。

他们因相爱走到一起，又因现实的无奈面临重新抉择。

他好想和她一起陪一双女儿慢慢长大，和她们一起享受生活。她却不愿再和他一起度过未来的生活，他已不是她想要的那个男人模样。

他们原本材质不同，初相遇，并没有太多差别，可是在岁月的洗礼中，风雨的侵袭下，露出内核，就会知晓。

不爱了，就无法勉强在一起。

他和她，需要互道珍重，给人生另起一行，重新开始各自的行迹。一双小小女儿，只是他们人生行程中结下的两枚果子，然后，各自慢慢长大。

爱情的得失

看到她，总是令他心跳。

她迎风飘舞的长发，招展的裙裾，都给他异样的美。他内心偷偷地喜欢她，也只能偷偷地喜欢。她的男朋友是位官员的公子，帅而酷，让他自惭形秽。但是他止不住喜欢她，总是偷偷地瞥一眼，又迅速地撤回目光，不敢久留。

在电梯里相遇，那么近，他能听到她的呼吸，嗅到她的发香，她微微耸起的胸，令他晕眩。他多么想这是一生，一世，却不能，那么短的时间，电梯到一楼，就是从天空坠落尘世，两人迅速分离。

他知道自己没有机会，无论是地位、财富，还是影响力，他都没有可能与之相抗衡。他只能眼睁睁地看着她尾随公子的身后，小鸟依人。

婚礼中的她，万众瞩目，洁白的婚纱，大红的胸花，娇艳的新娘，豪华的婚宴，高档的迎亲车队，他只能看着，压抑心中那份爱，逐渐变成痛，痛彻心扉。

有什么理由恨她呢？他不曾对她表白过什么，她也未曾对他动过心。只是，当喜欢的人被别人牵着手领走，又如何不痛？

她笑意盈盈地来上班，他觉得整个天空都失去了颜色。只是，看着她由欢喜一点点地变成烦忧，就像日子，在日历中被一张张地撕去，丢进垃圾桶里，变得脏兮兮的。公子喜欢她，娶了她，可他却不止喜欢她一个人。第二年，她生了一个女儿，刚满月，就与公子闹了起来，她再也忍不了。忍不了，无法改变，怎么办？她怕自己在忍耐中一点点地碎掉，再也拼不成自己，只能放手。

她带着女儿，躲开那幢豪宅大院，生活回归宁静，也回归艰辛。什么事，都需要自己去做，保姆照看女儿让她不放心，下了班就箭一样赶回家，看到女儿的笑，或者听到女儿的啼哭，才把悬着的心放下。

工作自然丢三拉四。他默默地把她未完成的报表、绘图，细致地查了又查，看了又看，认真地填上，等她来时签上名。他为她做，觉得是一种幸福。有一天，领导指定她完成一件事，他上上下下地忙着帮她查资料，核数据。直到完成任务，她感激地说："请你喝茶！"

他说："帮你做事是我的职责啊。"是什么职责啊？分工明确，各有各的一摊事，只不过他乐意为她去做。

她的不幸，他觉得是上苍给了自己机会。他想等一段时间，和她一起聊聊，告诉她，他是多么地爱她。没等他把话告诉她，就出了事，她在一个早晨，急急上班的时候，被一辆货车剐蹭，拖进车轮，辗断了双腿。看到她躺在床上，目光呆滞地盯着断腿，他有说不出的心痛。

他双手捧着她的双腿，告诉她："我要做你的双腿，你还可以去做你想做的事。"她怎么会想到，他是那么爱她呢？无论她遭遇什么变故，都不能改变他的喜欢，他的爱。只是，当她心有所属时，他只能藏起他的那份爱，不敢坦露给他人。

她装了假肢，和他并肩走在街道上，小小的女儿已会说话，"爸爸、妈妈"，叫得脆响。也许，失去的未必就是损失，得到也不一定是幸福，人生就在这种得失中寻找到平衡的支撑。

自己的血

那时候，他们并不认识。

一个偶然的机会，他去她的单位，见过她，也只是他无意间一瞥。

他与她，是两个世界里的人。她在公司里上班，白领；他是一名普通的送水工，蓝领。

他对她有记忆，而她对他则熟视无睹。

如果不是那次车祸，他们就这样没有交集地各自旋转。

她外出送文件，急，路况又不熟，她的驾驶技术真的不算好，在川流不息的路面，心就慌了。车时快时慢，后面一辆车，毫无征兆地扑了上来，吻上了她的车，她在驾驶室里猛地顶住了方向盘。

他是在送水回来的路上发现她的，随即拨打了急救电话，并护送她去医院。

她流血过多，需要及时输血，偏偏她的血型与库存的不符，外调又怕时间紧。他伸出胳膊，试试我的吧。和她一个血型。

一番检查之后，他的血流进她的血管。

他给她输送了救命的血液，若不及时输血，她会衰竭而亡。

醒来，她自然对他感恩。原来不曾有的情感，因为血管里的鲜血，而交织。

开始，他不愿接受她的这份情感，他怕受到伤害，他怕她不够冷静，对他而言，休息几天，吃点补品，这点血液就补回来了。

而她，却没有矜持，大大方方地和他有了交往。

她聪慧，他纯朴。

她干练，他勤劳。

她目标明确，他努力上进。

如果他们走到一起，他们就会合二为一，把这些优秀的素质转化成能量。

面对她的这份情感，他也被感染，投入了进来。他是喜欢她的，只是有点自卑，不敢接受，一旦开始，他心中的火焰就会熊熊燃烧起来。

他们和其他年轻人一样，在这个都市里品尝爱情的甜蜜。

恋爱总是美好的，不论什么样的人，都会感受到爱情的甜美。

生活却是现实的，许多难题无法逃避。

他们遇到一件件难题，他却无能为力。他收入低，文化不高，许多习惯难以改变；而她，接受的是高等教育，有可观的月薪，对于新鲜事物，接受能力强。

他们之间，有无法逾越的鸿沟，只要冷静下来思考一下，也许，这份爱情开始就是错误。而她肆意点燃火种，令他无法退却。

当她发现，即便她作了种种努力，一再包容，还是无法拥有理想的爱情，就想到了退却。

此刻，他内心有血在滴。伤，划到了心脏。

她给他一万元，算是安慰他受伤的心。而他却不接受，他固然贫穷，却并不在乎这点钱，即使要他劳累半年才可以攒下来。

没有爱了，就分吧！

他不愿意。他要她受点痛。

他想要回流进她血管里的血，那是属于他的。

那些血液可以要回来吗？永远不能。

即便她爽快地从血管里输出鲜血，也不是他的血了。有些东西，付出了，就是付出了，永远也要不回来。

时过境迁，不要想着找回从前。自己的血在奉献时就已经转化成其它东西了，怎么可以想着随时收回呢？

别人的幸福

两个人在一起久了，就会厌倦，有不满。再好的男人，也会有缺点，当那些不足之处无遮无挡地暴露在面前，就有怨怒产生。

她对他的不满再也忍不住了，就像暴雨从天而降。

丽的男友多好，他们才相识多久啊，就给丽买了房子，买了车子。这得有多爱她，才能做到啊！

丽的男友是富二代，身边美女如云。他最喜欢大把撒钞票，获取女孩的芳心。

她说的都是真情实况，可是，谁能保证他们可以顺利地走到最后？没有人可以确保丽不像别的女孩一样被抛后独自泪如雨下。

晴的男友多好啊！带着晴周游世界，哪里有美景就去哪里旅游？两个人的假期日程表排得满满的。

这样的恋爱，多么风光！心爱的人，美丽的风景，怎会不舒心呢？

只是，晴美丽高挑，晴的男友又矮又胖，皮肤黝黑，连高中都没有读完。他们之间除了风光的世界游，还会剩下些什么呢？

如果晴的男友不肯大把地花钱，能把她留在身边吗？

芳的男友多好啊！轻轻松松地帮芳安排了一个舒适的好工作。

可是，谁都能有一个当官的父母吗？

况且，这也不是芳的男友的本领啊！

芸的男友真是没得挑。要钱有钱，要貌有貌，家庭财产挤进富翁行列。

可别忘了，芸的男友对女友也是非常挑剔的，五官要纯天然，肤色要自然白，身高低于170cm不用谈，家族要三代无遗传病例，学历要名校毕业，人要有气质，更要有上进心。是百里挑一，还是万里挑一？

......

她可以列出众多好男人，可她还是愿和他在一起。

她看到了别人的幸福，却忘记了自己的拥有。

最初，她也是从众多的追求者中，发现了他的优秀，才决定携手同行的。

他上进、努力、出色，是其他男人所不及的。只是，在一起久了，发现有更多男人比他好。如果用那些所谓的好男人，换面前的这一个，她会换吗？

答案是否定的。

别人的幸福是暴露在外面的，人人可见，就会令人羡慕。自己的痛苦，是需要自己品尝的，十足的滋味体验。

不论有多羡慕，别人的幸福始终都是别人的。不如找到令自己满足的方法，让自己也能得到实在的幸福。

别羡慕他人

丽是她最好的闺蜜，从小到大一直是好朋友。

丽出身富裕家庭，长相娇好，无论到哪里，都是众人瞩目的焦点。

她在心底，一直对丽有隐隐地嫉妒。她们是形影不离的朋友，却也有阴影在友谊间徘徊。

读小学时，丽有很多可口的食品，大方地分给身边的小朋友品尝，当然少不了她的，然而，看到众人对丽讨好的神情，让她感觉有些受到冷落。

丽有漂亮的衣裙，从不吝啬借给她穿，可每次都有归还的时候。许多次梦境中，她也可以拥有许多漂亮的衣裙，梦醒之后，一切还是原来的模样。

丽有许多书藉，在外地工作的父亲，对丽宠爱有加，有求必应，书柜里的各类图书，令她大饱眼福。

丽聪慧伶俐，学习成绩总是名列前茅，就像一朵散发着芳香的花，无处不露出令人羡慕的资质。

大学毕业后，丽进了一家非常好的国企，她则努力考进了公务员队伍。不知为什么，她还是觉得不可与丽相比，丽与她有不可超越的距离。

她们之间，感情好得不可分割，却仿佛又始终有一层无法穿越的隔膜。

后来，丽爱上一个年轻有才华的男子，他经营着一家跨国企业。

丽的幸福令她更感自卑，是不是丽的命运太好了？无论她如何努力，都没有机会追上丽。

丽后来跟着丈夫移民海外，开始还会与她通通电话，时间久了，也就渐渐地淡了。丽不在身边，少了比较，她有些庆幸。偶尔想起丽，想到她幸福的生活，内心还是会有淡淡的醋意。

生活就像河流一样，随着时间向前流淌。她在努力，一直在进步，升了职，涨了薪水，有了可心的男友。

丽虽然去了国外，与她联系日少，但是在她心中，思念却永远也无法抹去。她想：丽一定比她过得好，比她生活得更舒适。

不能去国外生活，最少要有机会去国外看看，见识一下。

她一直为这个目标努力。

功夫不负有心人。她获得了一个去国外考察的机会，要去的国家正好是丽所生活的国度。

她找遍家里的角落，终于找到丽的联系方式，还给丽发了邮件，两人又接上了头。

在国外，当她与丽见面时，发现丽并不是光彩照人的模样，眼神略有些疲惫。

原来，丽来国外后，因丈夫情感出轨，就与丈夫离了婚，一个人带着孩子生活了多年，虽然从不需要为生活发愁，感情生活却一直没有着落。

她安慰了丽几句，就分别了。

原来，她一直羡慕丽，甚至有些隐隐的嫉妒，可是当丽不再光彩四射，有了些许缺憾时，她又倍感失落。

每个人都是一朵鲜艳的花，为什么要羡慕他人的风光，而不是多努力绽放自己的光彩？

羡慕他人，不如发展自己。纵使自己暂时会有各种各样的不如意，只要付出努力了，经过一段时间的积淀，必然会有进步、会有发展，机会就是这样悄然而至的。

爱是一剂良药

他们相爱的时间不长，6个多月，却爱得很深，视对方为一生要牵手的人。

在对的时间，遇到对的人，是爱情最美的时光，使相爱的人有了盛开的感觉。

沉醉在爱情里，享受那份甜蜜，与相爱的人相依相伴的生活，对视的眼神里都充满了爱恋。

他们准备再过一段时间，就去登记结婚，给对方一个承诺，在一起好好地生活一辈子。

可是，就在最近这段时间，她经常感受到身体有些疲惫，乏力，去检查，晴天霹雳。他拿到化验单时，整个人都有些恍惚，不肯相信，这么美丽的女孩，怎么会患有白血病。

他不敢告诉她，却又隐藏不了内心的忧伤与愁闷，她多多少少猜出了他忧伤背后的巨大压力。

她平静地对他说："不论发生了什么，都会勇敢面对，希望能够知道病况的真相。"

他踌躇良久，还是对她说出了真相。

她虽然有些忧郁，但是仍然平静地面对。

这是从天而降的灾难，考验着两个人的爱情。

无论发生什么，他都会陪着她。

他陪她进行治疗，给她讲笑话，逗她开心。

在灾难面前，心爱的人能不离不弃，这就是一剂良药，令她能安心面对突发的恶劣情况。

她的家庭经济情况良好，为她筹得足够的钱，不用他烦心。他一心一意地陪着她，让她开心。

她身体弱，怕感染，不能外出，却又非常想要新鲜的花，看外面世界的风景，他就去郊外的花园里采最新绽放的花，送给她，去她最想去的地方拍来视频，播给她看。

她能嗅到花香，看到外面四季的变化，心情好极了。他虽累，虽苦，心里却甜蜜无比。

她被注射大量化疗的药物，心里难免积蓄不良情绪，偶尔会对他叫喊，他总是笑着对她，不恼不烦，温和、体贴。

有时候，她的父母让他回家多体息一下，他一睡醒就会跑过来，在病房里和她呢喃细语，情意绵绵，他愿用更多的时光和她在一起。

令医生也想不到的是，她的病情在药物与爱情的治疗下，慢慢地得到控制，渐渐地有了好转。

还有什么能比这样的消息更令他们开心的呢。

原来，爱情就是最好的药，可以给人信心与力量。

在绝望面前，爱情带来了巨大的希望。

爱她就够了

他带着妻子去赴约，来聚会的都是多年未见的老同学。他们热情地拥抱、握手，说着诸多穿越时光的话语。

他是一家有名的企业董事长，名声显赫，地位、声誉让同学闻名已久。而他的妻子则黯然失色，与同学们的伴侣相比，逊色很多。

很多人不解，以他现有的一切，要找什么样的女人都不愁，为何却对妻子情有独钟。

很多时候，人太讲究门当户对了。一无所有时，什么都可以不讲究，一旦富裕了，必然改换门庭，装修、换家具是小事，连老婆老公也毫不犹豫地换掉。这样的做法似乎理所当然，追求品位，享受爱情，寻找共同语言，都被当成合理的理由。

爱情是什么？最初的承诺还在吗？两个人相爱，相互奉献自己，也向对方索取需求。然后，两个人相依相偎牵手共同走完一生。

不是不明白，是没有机会时，就能接受，当有能力抗拒这样的约束时，便毫不犹豫地想抽身逃离。

他年轻时，出身卑微，一无所有，在初创业时，又接连受到致命的欺骗，东拼西凑的资金抛洒一空。是她看到他的潜力，是她出手相助，是她把他从一个默默无闻的男人，一步步打造成今天的出色男人。即便今天，他偶尔遇到难题，依然会和她交流。

她不爱出风头，也少有干预他的工作，只是喜欢默默地躲在身后，为他出谋划策。这些，无人能懂，却看到她的姿色平庸，语言拙朴。

他清楚地记得，他有一次想并购一家大型医院，却未能顺利签约。对方提出的收购价格，是他无法接受的。

　　她给他建议，收购的钱可否另造一座医院？他回答说，完全可以。那为什么不另辟蹊径？是啊，为什么只是要收购一家医院，而不是按自己的设想去创立一家医院？她的一个建意让他获得了更宽广的发展机遇。

　　其实，成功的男人都是有许多女人爱的，围绕在他身边的优秀女人也不会少。可是他明白，有一个他爱的女人就够了，别的女人只是他身边的风景。

　　那天同学聚会，也是他和妻子结婚30周年，她从不愿出外应酬，是他力邀她出席，是给她的一份最好的礼物。他爱她，他用这种方式告诉别人，他只要拥有她就足够了。

才华与爱

她在电话里满怀忧伤地对我说："丈夫对她越来越冷淡了，有时候，她对他百般照顾，他却丝毫也不领情。"

她和他都是我的朋友。当初，他们相爱时，是那般的令人羡慕，他才华灼人，她聪明漂亮。其实，她当初也是有自己梦想的，她那时写得一手漂亮的文章，大大小小的报刊争相刊登她的作品。不过，自从他们成家后，她就像那些息影的明星一样，名字从媒体上隐身了。

他事业越做越大，他越来越忙，她需要打理家里的一切，照料孩子，照料丈夫，替他照料父母，这些事，原本可以请别人做的，但是她不放心，她想要做尽善尽美的儿媳，体贴周到的妻子，温馨可人的母亲，她就把一切都揽到自己手里。

日子是一天天水一样流去，那些烦琐的生活细节，在她眼里竟也有许多温馨的生活趣味，她在这些与亲人相处的时光里，帮助亲人的一举一动中，体会到那种奉献的快乐。最重要的是，她什么都不缺，不缺钱，不缺时间，不缺住房，不缺众人的羡慕，但是，她却又隐隐地觉得还是缺了些什么。

在丈夫越来越冷淡的日子里，她一个人静静地思索，自己究竟缺少了什么？

她缺少了与丈夫相随相伴的时光。他在外面忙得应接不暇，她在家里生活得波澜不惊；他的事业蒸蒸日上，她却原地不动；他的交际圈越来越广，她却多年守候在家里几口人之间；他最初每天出门都会拥抱她一下，这个动作在什么时候悄然停止了？连她自己也不曾记得。以前，他们之间经常交流未来的生活，理想的模样。现在，他们各自的生活圈越来越少地相互渗入，就像两个圆，相交的部分越来越少。他是一棵树，越长越高大，迎风招展，她是树下的一棵小草，伏在地皮上舞蹈。

我曾经劝过她，要适时地发展自己，夫妻就像双行轨道，只有并行才会让家庭这趟幸福列车开得平稳。你停止得久了，另一方已跑得太远，怎么会相互融洽呢。

她明白得还不算太晚，重新拾起她放下多年的笔，开始在文字世界里耕耘，她有自己的思想、自己的愿望需要倾吐，虽然时隔多年，她的文思依然健在，也许是沉闷久了，她的心情在表达中得到渲泄，也许是她重新找到了自信，她又艳丽照人。

她没有刻意去逢迎他，她有自己的世界，她有自己的风采，只是她自己封闭得久了，光泽黯淡了罢了。当她重新绽放出迷人光彩时，他立刻感受到了她的魅力不减当年。她与他虽不在一个圈里，依然会有许多人在他面前对她赞不绝口，这是他们当年令人羡慕的模样，他们曾经相互引以为傲。

爱，是两个人走到一起的黏合剂，然而，并不是惟一。只有不断地绽放自己最迷人的风采，汲取营养，充实自己，才会有迷人的芳香飘逸。爱是灵魂的吸引，才华是光彩的外衣，都是吸引异性的要素；而才华可以绽放得更长久，它比单纯的爱更深远。

爱情遗物

他们是在这个城市里认识的，在一个企业里工作，日子久了，就生出一份情愫，渐渐地成了爱情。

他们在一起工作，似乎是非常了解的。不久，就搬到了一起生活。这样，可以省一份房租。

他是安徽人，她是湖北人。都是各自介绍的，他们没有去过彼此的家乡。

本来是打算去的，他想去她的家乡看看，见见她的父母。她也想去他的老家看看，了解一下老人的看法。可是，工作太忙，一直找不到合适的时间。反正情感也到了那个浓度，先在一起过着吧！

他们在租来的房子里体会出了家的温暖，小心地经营着属于他们的爱情。

都市里的生活繁忙，但是这个租来的小家里，却有一份温馨荡漾在两个人的心头。

他们盘算着在这个城市安置一个属于自己的家。一套小小的房子，简单朴素的摆设，有属于自己风格的装修，然后一点点地买回自己喜欢的东西。

他们常常这样畅想着。他也曾许诺过，要给她一个家，一套小小的房子。当初，他觉得通过自己的努力，这一切都可以拥有。

现实却远不是他想的那样简单。一套小小的房子，也令他望尘莫及。他月薪5000元，她月入4000元，省吃俭用，一月的积蓄也不够购买这个城市房子的一个平方。

当甜蜜的爱情，被现实的残酷击打得变了颜色时，就融入了苦涩的味道。

他们之间的交流少了，沉默多了。

他为了能够多赚些钱，选择多加班，加快了旋转的速度，却不能令她找到从容。

有一天，他深夜下班回来，已不见她的身影。床头有她留下的一张字条，告诉他，她离开了。

他拨打她的手机，关机。一点迹像也没有，她便从他身边消声匿迹。她似乎从这个城市里蒸发了，再也没有半点消息。

他不知如何寻找她，她的联系方式都沉寂了。

他像一只沉默的困兽，待在房间里苦思冥想。

这个房间里有她留下的许多物品，她只是带走了几件简单的衣物，他无法不想到她。

然而，她再也不会回来了。

最先开始产生反应的，是她买回来的几只苹果，逐渐地萎缩、腐坏，地板上落满了灰尘，遮蔽了她曾经的足迹。

她在这个房间里留下太多爱情的遗物，给他留有回忆。

他舍不得搬走，这个租来的房子里，有他们爱情的记忆。

纵使如此，也奈何不了时光的变迁，岁月流逝，终会带走一切。最后的爱情遗物，就是他们之间的回忆了，将留下来伴随他终生。

爱情银行

他们都是工薪族，算不上富裕，日子却过得丰富多彩。

两个相爱的人在一起，是最幸福的事。

相恋时，是他追求的她。从见到第一面，他就发现了她的美丽与可爱。

他向她发起了甜蜜攻击，给她买可口的食品，陪她去好玩的地方，看新上映的影片，和她在一起的日子，真是甜如蜜。

他会用许多小手段，制造惊喜，让她为之疯狂。和所有相爱的年轻人一样，他们沉浸在爱情的海洋里，享受这种汪洋恣意的甜蜜生活。

鲜花、咖啡、美酒，点缀了生活，也精彩了爱情。

节日里，送束鲜花是少不了的。在别人的目光注视下，她享受他那种扑面而至的爱。她会搂着他的脖子，吻他。

他送她戒指，黄金的，镶着钻石。他说："你就是耀眼的钻石！"她听了，非常受用。女人喜欢别人夸奖，尤其是那个追他的男人发出的真诚赞美。

戒指戴在手指上，给她添了自信。细长的手指，洁白的肌肤，金灿灿的戒指，像是一幅画，相互辉映。

她觉得，那枚戒指，是他温柔的抚摸。

不久，她过生日，他送了她项链。一圈黄灿灿的金子，挂在她白皙的颈上，高贵、优雅。

她真的感动，这个男人对她是多么好。他懂得她的渴望，给她送来一件件满意的礼物，她决意和这个男人好好地走下去。

他们开始谈婚论嫁。

他们对家开始构想与布置。买一幢房子，不需要太大。他们去城里的各个售楼部咨询，了解房子的各样信息，建筑结构，房间朝向，建材质量。一家家跑，一家家找，终于挑到满意的房子，签下合约，交了首付款。

他们计划房子的装修，选择家俱的颜色、吊灯的样式，家在他们的努力下，一点点按他们需要的样子完成。

他们终于有了自己的房子。他承诺过，要给她一个完美的婚礼！

女孩子，都想在出嫁的那天，成为最美的新娘，她也不例外。婚车、摄像、宴席、嘉宾，样样都令她满意。

他虽然有些累，有些吃不消，但是想到这个女孩将成为他的妻子，都满怀欢喜地照办了。

他是爱她的，她也爱他。

她习惯了他的奉献与付出。

许多新人都有自己的车，他们没有，出行多有不便。

她对他提起，他愣了愣，回答说："暂时别买了，现在还要还房贷。"

她不乐意，嘴撇得格外难看。

她一提再提，他无法拒绝，再按揭，买了车。

担子压在他的肩上，有些重。

他努力工作，获取更多报酬，支付这些生活必须的费用。

他常常工作到很晚才回家。

她非常不满，新婚夫妻，怎么可以把她一个人冷落在家？

他疲倦，不想争吵。

任她说吧。她的话语，在他的耳畔回响，像是梦境里的声音，像是飞旋的蚊子。

他呼呼大睡。

这怎么会是她想要的生活？

她很愤怒。这男人，结婚了，就再也不是恋爱时的模样。

爱情也是银行，需要存进去，储蓄，积累，需要时再去取来使用。倘若一味地只是提取，再雄厚的银行，也会有垮掉的一天。

学会爱，学会付出，而不是一味索取。爱情银行，有进有出，合理支取，才可以细水长流。

曾经爱过

听到她生病的消息，他的心隐隐地沉了下去。

多年未见，也不通消息，他却还牵挂着她，记得她当初的模样。

那时候，他们深深地相爱着，她是城里的姑娘，他是农村的男孩，城乡之别，在这对相恋的人眼里，不是鸿沟。

她的父母坚决反对，却无法阻止她和他在一起。她喜欢他，那个有些怯怯，却又心存高远的男孩，表面上看，并不出色，一旦走进他的内心，就会发现原来有那么宽广的天地。

他们爱得纯粹，也爱得无望，因为她父母的反对，看不到未来的方向。他在城里，一无所有，短时间内，给不了她基本的生活保障。

随着时间的流逝，他们需要考虑的越来越多，他看她的眼神，也有些躲闪。后来，她的父母约他会面，说了许多，话里话外都透出轻蔑，他的心深深地受伤了。

她找过他，却不再像以前那样单纯、明朗，有了忧郁、迷惘。他们的情感，被他深深地埋在心底，表面上却越来越淡，渐至于无。

后来，他就听到她被父母安排相亲，心里隐隐作痛，却又觉得是一种解脱。

此后，多年再无消息。

他决定去医院看望她，这么多年过去了，不知她变化了没有。

想到这里，又偷偷地笑自己，"怎么会没有变化呢，年纪大了，人总是有改变的。"

在医院里，他向护士打听后，轻轻地推开病房的门，看到她正倚在床头休息。胖了，皱纹也多了，不再是那个小女孩，他的心有些忐忑，她还能认出他吗？

当他站在病床前，她转过头来，看他一眼，竟轻轻地唤出他的名字。

他不曾忘记她，她也不曾忘记他。

四目相对，相恋时光的记忆就像影片一样聚拢了起来。

她的眼里有了盈盈的笑，像水波一样泛开。

他们谈了许多，愉快而美妙。

他婉转地询问了她的病情，她的神情即刻恢复了原来的状态，淡淡地说："活一天是一天了，治不好的。"

他劝她："现在医疗技术发达，药物也日新月异，只要配合治疗，会有希望的。"

她默默地落了泪。

人生就是一个过程，在活着时好好地生活，尽情地绽放生命，散出芬芳。

他给她留了钱，她不肯接受，愧疚当初曾负了他。

他说"爱过，就足够了。"

听了他的话，她开心地一笑。爱过，真的是那样美好。

他默默地为她的病奔波，却难以阻止病情的恶化。

一月后，她安静地逝去。

生前，不能经常接触；死后，可以独自怀念。

他常常去墓地看望她，陪她聊聊，给她献花，花束上会留有一行字，"曾经爱过"。

茧　爱

　　本来，他们是少有机会认识的，他是这个城市的过客，很少融入这个城市，而她在一所师范学校里读书，快要毕业了。

　　他是一名船员，从航校毕业后就到了船上四处漂泊。虽然公司所处这个城市，他却少有机会在这个城市奔走。他的家在外地，只有船经过，才会急匆匆地赶赴来，随船漂泊。

　　他们相识的际遇，缘于他们有共同的爱好，他爱文学，她也爱。

　　他那时候创作的文学作品已在报刊上发表，而她才刚刚起步。当地的一家文艺广播电台举办了一个文友联谊会，他们一起参加的。

　　她早就知晓他的名字，他的许多诗歌在广播电台播出。每周五、六晚上，都会有他的诗歌，他成了许多大专学校里文学青年的偶像。

　　联谊会上，主持人让他当场为大家朗诵诗歌，他即兴创作了一首，当他激情澎湃地朗诵响彻会场时，令她有了莫名的好感。

　　他们相识了，多了交流的机会。那时候，还没有网络，也无现在这些便捷的通讯工具，交流靠书信。他每到一个港口，或者码头，就会给她发信，有的是谈诗歌，有的是寄出去的想念。

　　她除了欣喜地阅读他的来信，还会默默地关注他的诗歌，每当电台播出的那一刻，她即放下手里的事，认真地倾听。他的诗里有大海，有波涛，有海燕，有远方的辽阔，有狂风的凶险，也有暗礁的阴谋，这些广阔的意象给诗歌带来博大的气魄，也给听众带来诸多想象。

　　偶尔地相聚，他们比其他恋人更多的相依相偎，附近公园里留下太多美好的记忆。经常，她会送他到码头，一直等待轮船拉响鸣航的汽笛，她仍然站在码头上恋恋不舍。

有一次，她穿着一条红裙子，站在码头上送他，风鼓起她的裙裾，就像一叶帆，涨满了等待启航。他望着她，泪水从眼眶忍不住轻轻地滑落。他把这个景致写成一首诗：《红裙子》。诗歌在电台播出后，她感动得热泪盈眶。也许，会有更多的听众被他的情怀感染。

后来，她从学校毕业，去一所中学教书。或许是工作忙碌了，或许是有了更多人交往，她给他的回信渐渐地少了。

有一回，他去她的学校找她，明明看到她匆匆行走的身影，却不愿见他。他弄不明白原委，只是在信里倾诉他的苦衷。

他一封又一封给她写信，却始终等不到她的回音。

他想，也许她不再爱他了吧。他虽然不再给她寄信，却依然不停地给她写信，只是把那些信一封封地压在枕头下，没事时再翻开来阅读，边读边流泪。

他把那些写信的痛苦与相思化为诗歌，一首首地寄出去发表。他相信，她还会听那个节目，还会听到他的相思。

其实，她一直关注着他，阅读他发表的诗歌与文学作品，还会精心地剪下粘贴在一个硬面本上。

他苦，她也苦。

不是她不爱，是她受到父母的压力，无法冲破那层厚厚的茧壳。他只是一名四处漂泊的船员，在这个城市一无所有，他拿什么来爱？她也明白，他们的爱情是纸上的花朵，美虽美，却无法嗅到香味。

最后，她向现实低了头，却再也找不到内心的欢乐。就像一只茧，面对厚厚的壳，怎么用力也钻不出来。

直到多年后，他才从朋友口中得知，她一直郁郁寡欢，闷闷不乐，早早地离开人世。

爱情是一朵花，需要泥土、水、养分，也需要精心的侍奉，更需要的是阳光、风、雨露，如果仅仅满足给予泥土、水与养分，不一定会有花朵的绽放。大自然的奉献，就是尘世最珍贵的快乐，人的未来，也是追寻自己内心的愉悦。

念念不忘

他忽然发现前面的那个女人，是那样地熟悉，身材、长发、动作，就连走路时摆动的姿势都似曾相识。

是她，一定是她！他的心狂热地跳动起来。

他不知是否要和她打个招呼，邀她聚聚。

她和他曾经相恋3年，甜甜蜜蜜，恩恩爱爱。后来，两人因偶然的因素，在误解、错失之中擦肩而过。

他走上前去，她发现他，惊喜地看着他，眼神里露出欣喜与意外。多少年了，竟然会在这里相遇。他没有变，还是原来那样帅气，那样果断。她握着他的手，紧紧地，手心里淌出了汗，却不愿松开。

她给他讲那时的误会，为什么要那样矜持，不肯主动解释，非要等他给出理由。如果是现在，她一定不会再那样被动，要把内心的情感真实地表白出来。

他听了，有些感动。这么多年来，他一直期待有一个机会，把原委弄明白。原来，是他误解了她。

她还是那么漂亮，那么清纯，他真想告诉她，自从他们分手，他就后悔了，当初为什么不再去找她？要是有机会，他不管有多难，都会去试一试，争取两个人能走到一起。

她听了他的表白，泪水忍不住流了出来。她一直在等他，可是没有他的任何消息。她是多么渴望他能来找她啊！他们是真心相爱的。

或许，当他向她讲话时，她已忘了他的容颜，在他对往事的追叙中，明白了眼前的这个男人曾是自己的恋人。淡淡地聊几句，说些不痛不痒的话语，赶紧走开，还要急着回家呢！

或许，当他滔滔不绝时，她会莫名其妙地望着他，不解一个男人为什么这样唐突？他要把他们当初最难忘的片断剥出来，才会把她拉回从前。即使她懂得了一切，也没有什么可聊的。

……

想到这里，他再也忍不住了。

不管如何，他都要和她说说话，把藏在心底多少年的疑问弄清楚。

他快步追上她，再仔细看了她一眼，竟然是一位陌生人。不是那个熟悉的她！

原来，这么多年，是他一直念念不忘，只要有一个相似的女人，他就会把以前的情节像电影一样快速地放映一遍。

原来，他一直把她放在心里，从不曾忘记。他对她的情感，和最初时一样，断了的那截，至今新鲜，一有机会，就想再续前缘。

既然如此，当初为什么不去努力找回她？为什么要为了所谓男人的面子不再见面？

原来，男人最深的痛，是一直对分手的那个她从不曾忘记，放在心底的某个位置，不容触及，一碰就疼。

原来，爱情只有在念念不忘的人这儿，才会鲜艳如初，芬芳依旧。

两 难

她非常爱他，爱他的帅气，爱他的执拗，爱他的聪明，甚至爱他的邪气。她想：她需要一个她爱的人，而不是爱她的人。

有时候，她也会反问自己，"他爱不爱我？"她没有底气做出肯定回答。

父母竭力反对，却因她一再坚持，这段感情才不冷不热地维持着。她是父母的掌上明珠，一直在呵护中长大，从未阻挠过她的父母，对于这段感情冷若冰霜，他们不明白她爱那个男孩子什么：没有正当职业，四处游走，脾气不好，还与一些来历不明的人鬼混。

她看到的是正面，父母看到的是背面。两种角度，两种观点。

她与父母谈判，告诉他们，她爱他。

父母告诉女儿，他们要她的生活平静、幸福。

有爱不幸福吗？有时候，仅仅有爱未必就是幸福。爱情需要盛放它的容器：家庭、收入、房子、学问、人品……如果只是喜欢，那是非常幼稚的情感。父母规劝她。

她说："选择一个不爱的人，人生又有何精彩之处？"

父母与女儿，就这样处于两难之中，胶着、纠结。

她有她的判断，那是基于爱情，没有其它。

父母有父母的阅历、经验，他们有自己的判断，那是基于对女儿的疼爱，不掺杂其它。

有时候，自己选择的人，纵使错了，也想做一次尝试。可是，人生关键时刻，却一次也错不得。

林语堂的长女如斯，父亲给她订了一个医生做女婿，却在婚前与一个喜欢的混混私奔，那是她自己喜欢的啊！如斯的人生至此遭遇了转折，林语堂却只能看着她在痛苦的漩涡里挣扎，直至最后如斯自杀身亡。

有的人，为了爱情，愿飞蛾投火，寻找那份热烈。有的人，在一份宁静的生活中找到情感的容器，慢火煎熬。

只是，只是，年轻的男女，不愿听长辈的话语，而愿做投火的飞蛾，纵使被焚烧，也心甘情愿，却不懂，漫长的岁月不是激情的片刻。

这种两难，大概众多的家庭都曾面对过，虽然愿望是一样的，选择的过程却令人左右为难。

承　诺

女人都喜欢听男人的承诺，有时候，明明知道这承诺并不可靠，依然期待喜欢的那个人从口里冒出那句话。

她与他相恋三年多了，他唯一的缺点就是嘴紧，很少说那些甜言蜜语。刚认识时，她认为他稳重，不是随便给承诺的人。他们一起约会，他该做的都会做，照顾她，给她买可口的零食，早早地到约会地点等她，她明白他是喜欢她的。

半年过去了，从未听到他说爱，或者更亲密的话。她有时候恨恨的，却无从发作，总不能向他索爱吧？她内心里明白他的真诚，他那些细微的动作，体贴的照顾，都让她满足。

有一次，他们去看一场电影，内容就是一个承诺引发的爱情故事，曲折的故事将他们都感动了。她看到他的眼角有闪闪的泪花，这个男人内心也有柔软的地方。

她想引导他，让他明白承诺对于一个女人是多么地重要。哪怕那个承诺是无法实现的，只要能打动女人，都是一个浪漫的许诺。

她说："这个电影太感人了，他那个承诺多么美啊，令她一直觉得生活在一个美妙的梦境里。"

他说："是的。没有那个承诺，他也一样爱她的。"

真是无可救药。她闷闷不乐地止住了话题。

后来，他们还是结了婚，过起了日常的生活。她想：这个笨男人怕是一辈子也不肯对她说一句动听的诺言了。

直到有一天，她收拾房间，他那个抽屉敞开着，她好奇地打开，一本好看的硬皮本打开在那儿，开头的话儿说得很美：她是那么可爱，我要好好地爱她，尽我所能去为她创造好的生活。结尾还有她可爱的昵称。

她比看到那场电影还感动，原来，男人不是不懂承诺，而是默默地在心中爱着她。

有的人，说的话语非常动听，海誓山盟，也许在说的时候是真诚的，可时过境迁，承诺成为一朵美丽的花，绽放过就枯萎了。

有的人，常用甜言蜜语表白自己的内心，也许在说的时候，连自己都不愿相信，不过随口说说。

有的人，从不做什么惊天动地的承诺，却会用一生一世的守候去兑现自己默许的诺言。

所以，随便承诺的人未必会比从不承诺的人更懂爱情。而女人明明知道这一点，依然愿意听甜言蜜语。就像求爱时手捧的鲜花，生日时硕大的蛋糕，相识纪念时的美酒……确实能够烘托气氛，但如果真要是死守一个承诺，相信男人永不变心，结局大概都不会太美妙。

窗 外

　　她在窗户前，已伫立好久。窗外，阳光灿烂，花坛里的花，开得正艳，大朵大朵的月季，笑得正欢。蜻蜓在花坛上方盘旋低飞，像是与那些花儿做游戏。

　　她盯着那些花，看到它们慢慢绽放，青春的年华，就这样华丽地盛开。

　　她想起自己那些相爱过的往事。

　　她的思绪正在慢慢地进入时光隧道，引领她奔向那个远方。

　　花坛边，两个孩子正在奔跑嬉戏，绕着花坛跑，和那些蝴蝶一样，穿梭在花丛里。两个孩子，一男一女，年龄相仿，男孩短发，干净利索，女孩扎两条羊角小辫，跑起来，一上一下，像是蝴蝶在飞，男孩子看着，想伸手去抓，女孩一闪身，跑到前面去了。

　　男孩子想要赶上去，脚下一滑，摔了一跤，女孩见了，忙奔回来，将男孩子扶起。男孩抓着女孩的手，笑了。

　　他们此刻，就像一对小情侣，经历了一场小危机，正甜蜜着。男孩跌倒了，有女孩在，便满不在乎摔跤那回事。

　　孩子的世界，就是如此单纯，只要和喜欢的人在一起，其它的都不再重要。

　　花坛的边沿，坐着一对年轻的情侣，旁若无人地搂在一起，两个人的头紧紧地依偎着，像是一朵并蒂莲。

　　年轻真好！可以肆无忌惮地做自己喜欢的事，与自己喜欢的人待在一起。

　　人生的幸福，除了事业的成功，就是爱情的美满了吧？

　　他们的呢喃细语，与蜂蝶的嗡嗡声合唱，混合在空气里氤氲浮荡，令她沉醉。

　　他们情到浓时，会吻到一起，唇与唇的纠缠，手与手的相挽，含情脉脉的眼神，仿佛要和对方融化在一起。

她凝视着他们，凝视着一段沉醉的爱情。

前面的小径上，一对小夫妻，搀着一个小孩，正在散步。孩子左手拉着爸爸，右手拉着妈妈，一个家，三口人，就这样温馨地呈现在她的面前。

爱情的甜蜜，家庭的幸福，生活的如意，令欣赏的人也觉得愉悦。

视线的尽头，一对老人，正在健身，花白的发，缓慢的动作与步伐，伴着安详的神情。

他们从快节奏的生活中退下来，拥有自己的独立空间，想干什么就干什么，想去哪里就去哪里。

老年人，有老年人的爱情。他们就像一瓶陈年老酒，醇香、浓郁，越品越有味儿。

窗外，是一片繁华世界。

她想到了丈夫，他外出有一个多月了吧？怎么思念也愈来愈深了？丈夫经常出差，她习以为常。这次，触景生情，还是情不自禁？丈夫是自由的鸟，她一直希望他能飞得更高更远，所以她支持他。此刻，她的心温柔泛起，思念丈夫，希望他能回来陪在她的身边。

窗外，有爱，所以才有动人的风景。

纯粹的爱

男孩在炒菜，女孩在一边有规律地摆放桌椅。

男孩清瘦、高大，手里的锅在火上不停地颠炒，锅里的菜被抛出来，又全部落回去，男孩子像是在抛球、接球，完美的姿势令人着迷。菜的香味随着他颠炒的速度而四散开来，吸引着顾客。

女孩子穿长裙，颀长的身材格外美丽，她把摆放在路边的桌椅抹得干干净净的，令行人忍不住地想坐下来歇歇。有人坐下，她就甜甜地上前问一句："想吃点什么？"

客人就会报上名，清炒土豆丝，宫爆鸡丁，烧牛肚，女孩说声稍等，拿支笔记下，把菜单递给男孩。女孩会在他们对视那一刻，露出一个微笑，又有一个顾客来了。

常在这儿吃的顾客都知道，他们是一对小恋人，男孩子孤身一人，女孩儿喜欢上了他，就和他一起开大排档。他们没有多少文化，也没有钱财，却一直那么快乐并甜美地生活。

吃完饭，有人递上10元钱，女孩麻利地找回2元，10元钱就放进了边上的一个小铁盒。男孩子手里的铁锅颠得更欢了，女孩子笑得更甜了，连身边的风都有了笑声。

大排档对面不远处是一家酒店，有进进出出的客人，还有停停走走的轿车，都是衣着华丽的男女。他们是另一群人，与这边的风景成了鲜明的对比。

没有客人时，男孩和女孩就会坐下来，拿出小铁盒里的钱，一张一张地清点。其实，不用清点也知道里面有多少钱，他们每收一笔都会在心里默默地记着，不过，清点也是一种快乐。

倘若有更多的时间，他们就会把目光望向对面，那座金壁辉煌的大酒店，衣着光鲜的人群，笑语喧哗的客人。来他们这里吃饭的人，多是骑自行车的、电瓶车的，也有开出租车的，默默地吃完，又奔向下一程，若有小情侣一起就餐，轻轻地说着话，连笑也是窃窃的，怕风听了去。

男孩说："我什么时候才能开这样的大酒店呢？"

女孩用手指在他鼻子上轻轻地刮一下，"别痴心妄想了，这样赚钱，一辈子也甭想开大酒店啊！"

男孩子就回道："想想还不可以啊？"

女孩子嫣然一笑，"当然可以啊！我偶尔也会想一想。"

他们就搂在一起，发出轻轻的笑声。

有客人坐下，他们又立即忙起来。男孩把炉火拨得更旺，女孩的脚步也飞了起来。

未来的生活是什么模样的呢？他们也会在心中想一下，偶尔会放飞想象，描绘一下未来的样子。只是，他们现在还是快乐地干着大排档的事，身边的繁华与热闹，那是别人的生活，自己努力做好自己的事，就像他们的爱情。

从爱情到婚姻

她一个人在这个城市里，有些孤独，和同事没熟到可以经常相聚私聊的程度，所有心里话，只能在深夜时对自己说。

28岁，到了婚嫁的年龄，身边却没有一个可意的男人。她貌不惊人，走在人群里，不会有人在意她。

如果仅仅是找一个男人，她应该可以找到的，但是她不愿这样。哪个女孩没有一个白马王子梦？

她一直相信自己不是这样平凡的女孩，可是现在却没有不平凡的表现，既无可观的成绩，也无耀眼的光环，甚至连一个可以依靠的背景也没有。她虽然不想平凡，但是目前只能如此平凡。

和她一起进公司的同事，大多进入围城，相亲的、介绍的、网恋的，反正都开始了婚姻的旅程，唯有她，还单着。

她不是不想有一个男人来牵手，甜蜜地恋爱，可这样的男人，一直没有出现。

她明白，她要的是一个令她满意的男人，而不是别人认可的男人。

这个世界，坚守自己原则的人，往往沦为别人嘲笑的对象，她也不例外。

身边人的婚姻，她看得分明，那不是她想要的状态。情感的历程，是从爱情，进入婚姻，而不是省略掉爱情，直接步入婚姻。至于爱情的初始，是从相亲，还是巧遇开始？她并不介意，她要的是遇到对的那个男人，然后萌发爱情。

她不在意别人的目光，宁缺勿滥。

同事下班后，匆匆回家，柴米油盐，孩子老公，够忙碌，也够幸福。

她有时间，供自己享用。一个人，也不错。听听喜欢的音乐，喝杯可口的咖啡，消磨掉部分时光，那种感觉，非常美妙。

有时候，遇到喜欢的书，读来爱不释手，好久没有这种感觉了，像是回到了学生时代，灵魂澄静，心无旁骛。

她与女同事截然不同的生活状态，让她们觉得像是在两个世界生活的人。渐渐地，她们对她这样的状态倒有些羡慕，单身的她，像女王一样，优雅地散发着独自的馨香。

有些男人，是别人牵来的；有些男人，是自己寻来的；有些男人，是巧遇的；有些男人，是上天恩赐的。

每一个女人都是天使，都会有一个男人来宠爱。

她没有因为别人都已进入围城，而乱了方寸；也没有失去原来的计划，停滞不前，她一直在努力，一直在完善自己。

她想用最美的时刻迎接那个为她而来的男人。

那个男人，真的来了。

那天，他来她的公司洽谈合作事宜，被她独特的气质吸引了。原来，总会有一个男人欣赏她与众不同的美丽。

他们相爱了，他们牵手了，他们甜蜜地品尝爱情的盛宴。

总有许多人，觉得爱情是一件奢侈品，不敢享用，怕来不及，怕等不到，怕爱情镜花水月，怕爱情昙花一现，他们更想要的是婚姻的实在，跳过了爱情，直接走进了婚姻，过着世俗的男女搭伴生活。

真正幸福的婚姻，从来不能省略掉爱情，爱情是前奏，婚姻是进程。爱情的过程可长可短，但它是发酵剂，让男女之间有了相守一生的美妙约定。

红裙子

她喜欢穿红裙子。春夏秋冬,她会把红裙子穿出不同的风格。在她眼中,红裙子是世界上最美的服装。

他爱上她,大概是因为她的红裙子。那样美丽的红裙子,成为一道风景,在他眼中飘飞。

那年,春节临近,单位里举办联欢晚会,她的单位与他的单位携手相庆。她是最后登台表演的,她的独舞,引起全场尖叫。她的红裙子在她的舞步里,成为风景,成为众人记忆里的一帧定格的相片。那晚,众多年轻男人的目光里燃烧着红色的火焰,为她的红裙子射出光芒。

他被她的红裙子彻底打动与征服,心甘情愿地臣服于她的裙下。

他们的相爱,如她的红裙子,热情似火。他为她搜寻更多红裙子,式样、布料、品牌,包罗万象,家里像是红裙子博物馆。

她为他穿出红裙子的种种风采。

有一回,他出差海外,居然为她带回36条红裙子,他为她挑遍了所去城市的所有卖场。

红裙子,是她所爱,也被他所爱,之后,成为他们心之所系。

结婚,他们特意定做了几套红裙子,餐宴、晚会、洞房,各不相同。她把红裙子穿成了一种象征,穿出了一种内涵。

婚后,他们外出旅游,她一色的红裙子妆扮。

在一处景点,她要坐空中缆车。其实,他恐高。但是,他不想扫她的兴致。

在缆车上,她快活地笑,下面的风景真的很美,换了一种角度体验人生,会看到不一样的景致。

就在他们沉醉在风光中,忽然,缆车一停一顿,瞬间,他们坠落了下去。空中缆绳断了。

她发出锐利的尖叫。他听到耳畔的风声。他伸出双手把她紧紧抱住。

从高空到地面，生与死的距离。

她睁开眼，发现自己没有死，而他除了双手还搂着她，身躯已血肉模糊。他用他的身体当作她坠落的缓冲，他用鲜血为她染红诺言。

她奇迹般生还，只是小腿骨折。

她把红裙子献给了他。从此，尘世间的她再也没有穿过如火般燃烧的红裙子，她活着，心却已随他去了。每年的祭日，她会为他送上一条红裙子，那是他们之间的诺言，是他们生与死的沟通信物。

那些美好

第三辑

爱的递进

总是因为先有了好感，才会动情。爱她的身姿，爱她的阳光，爱她的活泼，爱她的知性，更爱她的智慧，有了这些爱的缘由，慢慢地就愿意与她走得更近。

从拥挤的人群里，分离出来，他们愿意享受两个人安静的世界，此刻的风、雨、阳光，都是属于他们两个人的。就像两股水流，有了相同的选择，就有了一个流向。

他们谈天，谈地，谈外面风云变幻的世界，慢慢地，话题的范围缩小，进入到两个人关心的世界。兴趣、爱好、感受、理解，越是有共同点，越会聊得兴致勃勃。他们由话题延展，慢慢地向对方的心灵靠近。

他们喜欢对方，渴望拥抱对方。不知是谁先把目光投注到对方身上，那无言的注视，就是鼓励与吸引。

然后，不由自主地投入他的怀抱。多么温暖的怀抱啊！宽阔、伟岸、强壮。这样的怀抱，足可以遮挡一切狂风暴雨，给她未来的生命带来一片晴空。

原来，拥抱是这么美好的事啊！一个人投入另一个人的怀抱，就像一半寻找到了另一半，是温暖的圆，有了完美的弧线。

躲在他的怀抱里，享受这份安稳的世界。

她抬头，他正多情地注视她，她慌乱地收起目光，低下头，贴在他的胸膛。其实，她还想再看看他的目光，或者与他深情地对视，但是她的心像有头小鹿在撞，慌慌的。

悄悄地，她又抬起头，与他多情的目光灼在了一起，她正想逃开，猝不及防地，他的唇压在她的唇上，火烫火烫的，她觉得晕眩，像一片霞光在脑际飘飞。她多么希望这甜美的一刻能久久地凝固啊！

两片唇，就像是两个人的手，相互细腻地交织在一起，相互探索，相互纠缠，相互索取，相互给予。

原来，比拥抱更美好的是吻。

拥抱只是两个人身体的靠近，而吻却把心灵与热量奉献给对方。她喜欢那粗壮有力的拥抱，更喜欢被他缠得紧紧地拥在怀中，接受他压下来的吻，那种透不过气来的感觉是甜蜜而酣畅淋漓的。

其实，比拥抱、吻更具美妙的是性。异性相爱，从初始的吸引，慢慢地喜欢上对方：言谈举止，一颦一笑，背影目光，细心体贴，无声关注……只要是喜欢的那个人的，都会欣喜不已地领下堆放在心里。

爱的累积，最后就是相互拥有。你给了我，我给了你。你属于我，我属于你。然后，两个人行走到一起，默默地浑然一体。

不过，从拥抱、吻、性，是需要时间的，也许这个过程是几个月，也许是一到几年。就像那些熟透的果实，经历了春风、夏雨、秋霜，甚至是冬雪，才有绝美的身姿与口味。人生的情感也一样，越是美的，越需要时间的检验。倘若，从喜欢到拥抱、接吻，到性的发生，是短时间内的一气呵成，一定不是真的爱情，没有爱的经历与等待，也缺少对爱的守护。

爱的距离

爱是有距离的，爱的距离多远正合适？

初相识，她对他了解不多，她更愿意与好友一起赴约，她怕面对他一个人时遇到尴尬，不好处理。那时候，他们之间隔着千山万水，需要时间去拉近两颗心的距离。

是什么时候，她不再邀上密友一起赴约？那时，她已经对他有了一定的了解，知道他为人正派，积极上进，她可以与他在一起。她与他去各种场所约会、相聚，最亲密的行为是牵手。

那天，他们喝完咖啡出来，他伸出手，她小巧的手就被他握住了，她感到了温暖与安全。她喜欢他握着手的感觉，就像一艘船有了泊靠的港湾，一只飞倦的鸟有了栖息的枝头，真好！

他给她描绘他们未来的生活，一间不算大的房子，却是他们喜欢的风格，没有豪华的设施，却倍感温馨舒适。她想，那时候，她就可以走进他的心，两个人一起去设计未来的生活。

两个人牵手步入婚姻，该是爱的最短距离了吧？未必，身体的距离近了，心的距离却不一定是零距离。因为追求不同，思想有别，许多男女虽然活在一个屋檐下，同床异梦的也有很多。

婚姻不过是把一对男女牵扯到一个屋檐下，两颗心仍有距离。有的夫妻能享受幸福，未必可以同担苦难，所以说："夫妻本是同林鸟，大难临头各自飞。"

有人说：爱的距离，不是天涯海角的遥远，也不是"君生我未生"的时光错位，而是相爱的人站在一起，却因世间的种种羁绊，无法告诉对方，"我爱你！"

也有的夫妻，一旦牵手，便相濡以沫，共担不幸与风险。在医院里见过一妻子为丈夫供出半副肝脏，期待救活爱的那个人。也有男人面临风险时，更愿自己去承担，让弱小的妻子得以安享生活的静谧。这样的爱，则已是你中有我，我中有你了。哪里还分得清距离。

有一种爱的距离是格外浪漫的。她爱他，她愿意与他浪迹天涯。她对他说："你就是我的家，走遍天涯，我会步步尾随，相依相伴。"大概再也没有比这更动听的情爱表白。

爱的迷宫

他们曾经有过一段美好岁月，他有一个效益不错的公司，她在事业单位上班，他常常开车去接她。每当他的车停在单位门口，就有人向她笑着说，"你老公来接你了！"那时，她觉得众人都投来羡慕的目光，久久地停留在她的身上。

他的生意越来越好，公司的规模越做越大，他来接她的次数越来越少。开始，她还不在乎，只是，那种被人关注的目光少了许多。令她想不到的是，他有了外遇，一直对她关怀倍至的男人，居然冷漠无情，坚持与她离婚。她闹，她哀求，她哭诉，没有用。他就是一个字，"离！"

从惊异，哀伤，到悲痛，最后是绝望，既然没有了情感，他又执意离婚，她还有什么理由留恋？纵使她万分不舍，也不能死缠烂打，白白自找难堪。

分手不久，他就与新欢走到了一起，她却怎么也绽不出新芽。她一个人形单影只地进进出出，心也因在一个笼子里，找不到出口。不是没有人喜欢，也不是决意枯守终生，她只是想要一个更好的人，一份更好的情。

离婚的第5年，有一个男人走进她的视野，风度翩翩，高大帅气，是一家企业的经理。男人对她很在意，除了抽出时间陪她，不断安排外出旅游，到休闲场所体验别样生活气息，更会送她可意的礼品，她觉出男人的好，就嫁了。

没有经济困扰，也没有额外因素掺杂，本来应该有重新生活的机会，可她却感到压抑，内心里想的念的都是以前的点点滴滴，怎么也驱赶不走。每当她一个人时，就会偷偷地找到往日相片、影集，一个人默默地细细思念，那些时光的美好，那些流逝的甜蜜，她怎么也忘不掉。

她36岁生日，丈夫说好回来陪她的，却因为公司有事需要处理，晚些时候回来。她一个人待着有些无聊，就随手打开电视，看到前夫风光地在镜头前侃侃而谈，她越看越悲伤，那些都是曾属于她的啊！

一个人默默地喝酒，沉寂的屋内，只有她寂寞的声音，她难忍内心的冲动，从12楼纵身一跃。她再也没有烦恼。

她的身体从前夫那里走出来了，她的心却怎么也不肯离开，哪怕她明明知道，留在那里也没有任何意义，仍然念着曾经的一点一滴，她的心被自己囚禁起来，找不到出口。

有的人，在爱情里行走，不是不懂路途的曲折，却不愿清醒地寻找出口。光明的未来在前方，而不是过去。

爱情的方向

伟与敏的婚姻算是完美的，两人从中学一直到大学毕业，居然年年同班，感情就在这种巧合中，一年一年地悄悄长大了。读中学时，两人之间还没有什么秘密，就是普普通通的同学，偶尔在一起聊聊天，可是进入大学就不一样了。忽然从熟悉的亲友包围圈里走出来，原来关系不怎么样的，一下子变成了最亲密的朋友，异地他乡陌生的那种感觉把两个人的距离悄悄缩短了，他们如青梅竹马一般。

大学的每年假期，两个人都是坐同一列车回家，那长长的旅途把两人的心越拉越近。直至大学毕业回到家乡，两个人才真正的卿卿我我起来。进入婚姻的城堡，伟才更了解娇巧的敏是多么可爱，不仅聪明、大方，而且通情达理，很多时候，遇事时冷静的处理方式比伟还胜一筹，这让伟生出了许多依赖心理，家里的大小事务很少过问。伟就把更多的心思花在工作中，业绩优秀，连连升迁，这也让敏很自豪，男人有事业心才会有发展前途。

许多人看到这个和和美美的小家庭，不由升出几分艳羡来，这让伟好不得意，事业有成，妻子贤慧，这是男人们的追求。婚后两年多了，本来两人决定过二年再要孩子，可是伟的父母却念叨不停，总说两个老人退休在家无所事事，现在就缺个膝下承欢的小孙子。而伟是个孝顺儿子，在父母的念叨声中，就和敏商量，是否把计划修改一下，现在就要个孩子。看着伟低着头求她那可爱的样子，想到公公婆婆对自己的好，就点头同意了。

敏格外注意，选了个好日子，想不到天遂人愿。听说媳妇怀着了，婆婆更是关心起敏来，宝宝可是他们家未来的接班人啊！这一切给家庭带来无限的喜悦，可是有一个人渐渐地感到了不对劲。原来小两口隔三差五地亲热一次，如今敏为了生个优质的下一代，温柔地拒绝了伟的要求。很多时候，伟温柔地抚摸着敏光滑的肌肤，想慢慢地消融体内的欲火，可是却不能自抑地反而熊熊燃烧起来。一向温顺的敏，就是不同意伟的要求，哪怕伟可怜兮兮求她。后来，敏受不了伟的纠缠，就和婆婆住到了一起。

不知何时，伟不再按时回家，有些时候，他能成夜不回家来。敏忙着关心腹中的孩子，以为伟只是工作忙吧！并未在意，而公婆自认为了解自己那宝贝儿子的，他从未越过轨，不回家大概是在单位里加班吧。

可爱的儿子在敏饱含幸福地挣扎与哭喊声中来到人世，望着白白胖胖的大小子，公婆喜不自禁。而伟也放下"繁忙"的工作，常去医院看望他们母子。可是，伟说好那天早晨开车去接她们母子回家的，直等到中午也不见伟的影子，不得已公婆找了车子接她们母子回家。

敏感觉有些不对劲。敏打伟单位的电话，同事说伟回家了。再打伟的手机，居然关机，敏隐隐地觉得有些阴影落在心头。公婆见敏有些不快，就安慰说：可能是儿子有什么急事，不然这小子不可能放得下你们俩。敏在心中暗暗地祈愿如此。

第二天，伟刚回家，就迎头遭到父母的一顿责骂，看到公婆那气愤的样子，敏就劝他们，而伟被责骂后，居然一声不吭。晚上，伟躺在床上，只顾逗儿子玩，敏寻找话题，问一句，伟就简单地回答。时间一晃两个多月过去了，那天，敏特意地准备了一下，卧室里亮着幽暗的灯光，情调很是诱人，敏穿着粉色的睡衣早早地躺在那儿。

可是伟却无动于衷地按着遥控器，漫无目的地挑着电视节目，他的目光在画面上游移。

十点多了，伟才脱衣上床，敏把手伸过去，伟却没有一点反应。那一刻，敏的心像被刀子划了一下，深深地疼痛。

敏问伟，那人是谁？伟知道瞒不过聪明的敏，而且他也正为找不到机会向敏说而烦恼着，见敏先问了，就实话实说了。那个女人是他的手下，刚分进来的一个大学生。

敏忍着心中的伤感问，没有回头的机会了？你就不为孩子与家想一下吗？

伟沉默了好一会儿，才答道，不行。我选择了她。

那天，敏对公婆说，她要走了。公婆回答道，是的，应刻带孩子回娘家看看了。敏告诉公婆说，是不再回来了。公婆有些诧异，怎么了？怎么了？

敏的泪水这一刻在这对老人面前再也忍不住了。老人气愤极了，这个没了良心的儿子，我们要好好地教训他。媳妇儿，你不能走，你不要走，你走了，我们上哪去找你这么好的媳妇去！

敏答道，没有用的，他的心已经走了，不在我这儿了。

那天，伟问敏要啥？敏说：我只要孩子。那张宣布他们关系结束的证书一拿到手，伟就打电话告诉了他的情人。敏的心又一次被深深地刺痛。

当敏抱着孩子回到公婆那儿准备告别时，老人只是流着泪，拉着敏的手说不出话。就在这一刻，医院来电话，说是伟路上遇到车祸，受伤住进了医院。他们就急急地赶向医去，在医院里，伟已经晕迷不醒，电话是交警根据伟身上的通讯簿找到的。原来，伟兴致勃勃地开车去找情人，路上被车撞了。后来，他的情人凑在单位里的人一起来看过伟一次，就再也没来过。因为伟的双腿已被截去。

敏尽心尽力地照顾着伟，老人心里满是感激。他们看着媳妇细心的照顾儿子，心里有着深深地为儿子而生的愧疚。多好的媳妇啊，这次事情过后，一定要好好地补偿敏。

等伟出院时，伟紧紧地抓着敏的手，一个劲地向她忏悔。敏冷静地对他说："不要这样，事情已经过去了。"

这次，公婆又去找车来带他们回家。可是在医院门口，敏抱着孩子向他们挥了挥手，毅然钻进了出租车，向自己要去的方向走了。留下老人无奈而又深深地叹息，还有伟永远的忏悔，只在此刻，伟才明白，他对敏的伤害是那样深，可是当他明白后，一切都已失去了。

爱情的距离

　　那时候，刚结婚的我们两地分居，心里时时盼着团聚那一刻，空间的距离并没有让我们觉得情感有什么障碍，反而在心里把相聚时的情话放在思念里咀嚼，因为有了那份浓浓的牵挂，爱情又多了份想象的美丽，更觉得爱情因有了距离而甜蜜。

　　那时候，电话也不像现在这样普及，再加上当时我是在水上工作，两人的倾诉更多地是靠鸿雁传书，每每接到对方的信，都会先握在手里细细地欣赏片刻再拆封，怕急慌慌地一下子读完了，没法细细地品味对方话语里的甜蜜。更有趣的是，会在信读到一半时放下来，任自己想象那后面的情节，而后再读下去与自己的想象仔细比较一下，看看是否有出入。分居两地的日子，每一行言语中都是叮咛与嘱托，心中念的都是对方的好。在休假回家时，更会主动地承担起属于自己的那份责任，总想在短短的时间里帮对方把家里的一切收拾妥当，好让她安心地工作、生活。

　　所以，过了五年的两地分居生活，除了觉得思念特别长、相聚的日子特别短之外，心里留下的多是两人甜蜜的回忆，还有那些刻骨铭心的思念。那些记载着点点滴滴的情书一封不差地编上号放在随身携带的箱子中，就如同那些相思的日子一起压缩在记忆深处等待在某一时刻被展开阅读。

　　后来，由于工作调动，我们两人终于走到了一起，不仅我们为此欢呼不已，就连亲友也为我们庆幸，认为我们终于盼来了幸福的时光。两人在一起也确实过了一段还算幸福的日子，可是不久，矛盾就出来了，原来两人分居时在想象中的完美无缺，由于长时间待在一起，感受到的是对方过多的缺点，先前都会忍让一下对方的过失，此时却会针锋相对、丝毫不让，是什么原因让我们的吵架多于恩爱，让我们把空间的距离缩短却把心灵的距离拉长？

后来，在与一位朋友聊天时，谈起我们对婚姻的困惑，他对我说：爱情是需要距离的。因为空间的距离，会让彼此忘掉对方的缺点与不足，而把对方的优点突显出来，这样的空间距离会让心灵更靠近。当空间距离消失了，两个人抛却了思念，就会把身边人的缺点拿着放大镜观察，原来不是问题的问题都成了问题，矛盾就会产生，这时需要两人拥有更多相近的话题与心灵的交流以驱逐心灵之间的距离。

我豁然开朗，爱情不仅需要身体的靠近，更需要心灵的靠近，只有把两个人完全相融，才会把爱情的距离缩短。而心灵的距离比空间的距离更需要我们用心去拉近，空间的距离还可以通过交通工具改变，而心灵的距离只有爱与宽容才能缩短。

等 爱

年轻的男孩女孩相爱，他们渴望时时待在一起，于是，就有了等待。等待相见，等待相恋。

男孩经常站在女孩下班的地方，等她。看到她欢快地奔过来，他就会发出快乐的笑，那是心灵绽放的花。他会张开双臂，把她拥入怀中。然后，他们相依相偎着边走边聊。长长的等待，都是为了这一刻的相聚啊！

有时候，男孩会站在女孩家楼下等她。他不敢大声喊她，也不能不停地打电话，只好隔一段时间就吹口哨，那口哨，女孩是能听出来的。她就会对母亲说："我要出去。"出去的理由很多，就是不会说和男孩约会。

看到女孩飞奔下来，男孩的心里就乐开了花。那些焦急的等待，就是想看到她啊！

后来，男孩的工作忙碌起来，少有机会再漫长地等待女孩。因此，他们见面的机会就少了许多。

他们多么渴望在一起啊！

女孩忍不住，她就会去找男孩，电话约好了，在什么地方等。

女孩坐在那里喝茶，一杯接一杯，肚子都喝饱了，男孩还没有来。那份焦急，那份渴盼，真是令人难耐。

女孩就走出来，立在路边，张望。路的尽头，熙熙攘攘的人群里，哪一个身影是熟悉的他？不停地掏出手机看时间，怎么还不来？

第几次张望了？

终于看到男孩气喘吁吁地跑过来，女孩故意转过脸去，不理他！其实，内心里有小小的欢喜，也有等待的委屈。

男孩把她抱在怀里，一边解释，一边安慰。只是，她从未想过，他那些曾经的等待，她有过不安与解释吗？

她的女友对她说："女孩怎么可以等待男孩子呢？女孩要矜持，女孩要尊贵！"只是，别人如何明白，女孩渴望与男友相见的心。

两个人相爱，谁等谁都不重要，重要的是两个相爱的人有机会相聚。为爱的人舍得付出时间，为爱的人宁愿在那里焦急地等待，久久地期盼，只为了看到爱的人奔跑过来的身影，内心就有忍不住的喜悦与欢欣。

因为爱，所以才去等待，如果不爱了，哪怕等一分钟，都会觉得多余。商场上，等待是为了获得机会，或者赚取利润。而在爱情里，等待是因为欢喜，因为相爱，那个愿意坐在那儿静静地等待另一个人到来的人，是在等一份爱。

在爱情中，如果连等待都不愿付出，又如何获得真爱？

不论男孩，还是女孩，如果你喜欢，你爱，就去寻找机会等待另一个人来到你身边，不要让所谓的矜持与尊贵把良好的机缘错失。

低姿态

第一次看到他，她惊鸿一瞥。

一个男人，在她的心里生根发芽。

只是，这样的一个男人，她没有机会接近，也无法向他展现她的能力与才华。她貌不惊人，如果仅是一面之缘，是没有任何机会被别人记住的。

一个令她心灵为之颤动的男人，就这样擦肩而过吗？

她不甘，却无能为力。

她仅仅是公司连锁店里的中层职员，如何接近公司总部的上层。

她在别人眼中，谨言慎行，话语不多，行为举止得体，既无野心，也无魄力。

其实，她把一切都藏在胸中，她不愿在别人面前过多地表露自己。当没有能力获得自己想要的一切时，过多的话语就会显得夸夸其谈，远离自己想要的目标。

她把自己的人生规划得井井有条，坚定地一步步向目标靠近。

那次，选派人员去总公司轮岗。外派人员，既吃苦受累，又要远离家庭，许多人不愿去，她却乐意接受。

不知道去总公司可不可以见到他，但是离他近了，总是好事。

她是带着快乐的心情去的。

令她想不到的是，她被安排在他身边工作，帮助他处理一些工作事务。

她对他情有独钟，他却未必记得她。

在他这里，她兢兢业业，工作勤恳，把他身边的一些琐事处理得井井有条。

她是有能力的人，而且她为人平和，容易相处。

这个机会，让她能够在他这里得以全面展现。人生有许多机会，有的是靠努力换取的，有的是靠打拼争来的，有的是靠漫长等待赢得的，有的是靠放低姿态获取的。

她不在乎这次轮岗的辛苦，也不在乎出差的不便，只要能靠近他，有机会接触他，就是一个难得的机会。

在他身边工作两个月，他想不记住她都难。

如果不是这次机会，她一个连锁店的中层职员，连与他说话的机会都没有，甭谈在他面前展示她的才华了。

而她乐意放弃一些东西，以平和的心态，面对工作，往往会有意想不到的收获。

他发现她的果断、魄力，对工作的干练，点名要她去总部工作。

她像一朵花，在他面前吐蕊、绽放，散出芬芳。

他悄悄地喜欢上她，这样的女人，能干而平和，智慧而上进，是他需要的助理。

放低身段，调整心态，才有机会展示自己。而低姿态，往往会给人惊喜，期待不高，却能收获意外的结果。

放低姿态，示弱，往往是有实力的人有意为之。

改 变

他有许多坏习惯，她曾经劝他，"这些习惯不好，影响身体健康。"

他抽烟，酗酒，赌博，有时还会与一些不三不四的女人传出绯闻，他的这些习惯，不仅对他自己影响不好，对身边的人也有影响。但是，她的劝说，对他而言，不及耳边的风。

她原也生过气，但是实在改变不了他，有什么办法。

家里到处都是他扔的烟头，烟灰撒得四处都是。她默默地捡拾，然后细细地打扫，把一个乱七八糟的家收拾干净。

他喝醉酒时，不仅发酒疯，还会毫无风度地钻桌子，有人说他是装疯卖傻，她却相信他是真的醉了。醉了，口角有冒出的唾沫，鼻子有鼻涕，她不嫌弃，扶他。他那么沉，不是她能扶得起的，可是别人不愿插手。往往把他弄回去，她的身上比他还脏。

他曾经把他们计划做生意的钱赌得分文不剩。那是多年的积蓄，她一直期待用这笔钱去做一个好的项目，在她的努力争取下，有一个店铺的项目被她签下，可是，等她找这笔钱时，已被他输得精光。她哭，她怒，却没有办法对付他。

这些，都不是最可气的，她一心一意想发展经济，把生活过好，可是他却任意逍遥。那天，有警察打她电话，说他嫖娼被抓，她初听还不太相信，他不会坏到这样的程度吧？当她去警局看到他满不在乎的神情，她就什么都相信了。一个男人，如果还有羞耻之心，这时会无颜面对妻子的，可他，却一脸的无所谓。

这样的男人，给她的不是幸福，不是风光，也不是安全与依靠，有的是屈辱、悲伤、愤怒，最终是伤心与无奈。

所有的办法，都想过了，她与他谈过，与他签过协议，也有亲友的规劝，都没有用。后来，她死心了，就当他是一件可有可无的东西，不再对他抱什么期望。

生活并不公平，为家辛辛苦苦打拼的她，患了重病，转眼之间，撒手人寰。

不过两个月，他就有了新欢。有人说是他的旧情人，有人说是他的新欢。这些都不重要，他对她没有爱是真的。

多少年来她期盼他能改邪归正，却无法改变他。当她离开，他另有新欢，却把多年恶习一扫而空。他不再抽烟，更不敢酗酒，更别说赌博、嫖娼了。

说白了，他对她缺乏爱，若有爱，所有的不良习惯都可以改的。

如果，有坏的习惯，不愿意改，或者借口说，多年了，改不掉，这都是假的。他只是不够爱罢了！

爱一个人，要想清楚了。要么他愿意为你而改变，要么你接受他的坏习惯。否则，还是不要委屈自己，生活在一份阴霾里，不够爱的时候就不要去爱。

公交爱情

她的家住在城市东郊，99路公交的终点站离她家很近。每天，她都乘99路公交车去上班。

有一次，单位与相邻单位举行联欢，那个单位的一位部门经理认识了她，经常找她搭讪，她只是客气地回应。

他以为她有意，天天开着奔驰过来给她送花，一大束的玫瑰鲜艳地盛放。同事都说她钓着好夫婿了。她一笑，她不要这样的夫君，奢华、虚荣，不是她能高攀的，她要的是务实、诚恳、上进的男人。

经理送花，她拒绝，便换种方式靠近她，要送她回家。他说："顺路，很方便的。"

这次，她一点也不客气，"我没有那福气，坐不惯轿车。"

不曾想，他真的丢下轿车，和她一样挤公交车了。99路公交，她在起点上，他会在下一站上车。

她在心中暗暗地笑，习惯奔驰车的人，也能挤在公交车里？

她静静地坐着，看他怎么献殷勤？可是，他只是坐在车上，看到有年老的人上车，会主动让坐，自己站着。看他站在车厢里，一手拉着吊环晃荡，觉得真是有趣。

开始，他们无话可说。时间长了，也有了简单的交流。

真的顺路了，他们就有了更多机会相见。等车、同行，他们会聊一些天下事，也聊一些身边事。久了，还会聊聊各自的兴趣、爱好。

他身边的人都惊诧，以为他这样的追法不过是心血来潮，坚持不了多久，谁能料到一月，两月，他竟一如继往。

她原以为他不过是像献花一样的，爱的是绚丽的景致，现如今却这样日日坐在公交里谈笑风生。公交是另一个世界，拥挤、杂乱，汗水、烟味、体臭，还有脏乱的口袋，这是最民间的地方。

等他在公交里坐了6个月的时候，她已经把他看成朋友了，见到，总是相互微微一笑，就开始了随意的聊天。

在这6个月里，她看到他的坚持，他的努力，他的低调，他的尊重。他看到了她的智慧，她的真挚，她的清纯，她的本真。他觉得他的努力真是值得，这样的好女孩，一定要争取到。而她也改变了自己戴着有色眼镜看他的先入为主的观点，发现了他的坦诚。

在公交里，成全了他们的爱情。

他说："我们的婚礼要在这一趟车上举行。"她笑着同意了。

那天，他们和公交公司协商好，专门安排了一辆公交车，坐着新郎、新娘穿梭在这条路线上。

有的男人，喜欢炫耀他的财富，他的地位，他的权势，就像一只孔雀，借机张开美丽的尾巴给别人看。也有的男人，能够放下自己的一切，尊重别人的感受，懂得体谅别人的心情，愿意放下身姿，和别人一起行走并欣赏别人视线里的风景。

和一朵花私语

郊外，一处僻静的土埂上，不起眼的角落里，一朵花正娇艳地盛开。

这是一朵奇异的花，虽然长在野外，但是显得那么高贵，在一丛野草中骄傲地生长，然后慢慢地绽放。

黄色的花，在一片杂草丛生的地方，那么显眼，那么脱俗，是沦落凡间的精灵，是在此修练的仙子。

当我漫步至此，你于瞬间吸引了我的目光。我蹲下身，与你对视，静静聆听你轻言细语。

伏着地面的你挣扎着想挺起身，却有几根枯黄的巴根草缠住了你，遮住你渴望沐浴阳光的花瓣，并肆无忌惮地越过你的身躯，侵占你独有的生存空间。

你的边上，有一棵硕大的绿色植物，极为霸道地匍匐伸展着侵略过来，它们欺凌你的柔弱与善良。

你的美丽与忍让，成为它们肆无忌惮侵占的借口。

你仰起头，眼里含着忧郁与伤感，楚楚可怜地期盼我出手帮你。

我伸手扯开你头上的乱草，不料草叶上长满了锯齿，瞬间割破了我的手指，殷红的鲜血即刻流溢出来。疼痛无法阻止我想要你脱离苦海的心，继续撕扯着你身边的杂草。

我不敢过分用力，怕伤到你。

只是拉开了你头上的几根乱草，没来得及做更多的清理，你就轻轻地央求我停下。你说：已足够了。这些地方，这些空间，已经可以让你很好地生长了。

我明白，别人欺凌你时，你很无奈，但是，如果要是稍稍做出对别人不利的事，你就会觉得不安。你渴望与大家和平共处，相安无事。你的心，我懂！

我把你身边破裂的泥土恢复原样，也修剪了你身边相邻的杂草，告诉它们要注意别侵占别人的地盘。

我听到了你微笑后面的感谢，还有内心萌动的羞涩。

阳光渐渐西沉，快要落山了。我不忍你独自待在这里，我不放心你，怕你受到伤害。这么美丽，这么高贵的你，会不会有人想着独占？

我想把你移走，好好地保护你，好好地爱你，让你更好地生长，更快乐地生活。

你好像读懂了我的心思。委婉地拒绝了我，这里很好，有风、有雨、有阳光、有鸟叫、有虫鸣，是啊！你已习惯了这个地方，更爱这片生养你的土地，我为什么要以保护的名义，独自侵占你呢？你是高贵的，我是自私的。

你歉意地把头歪向一边，那里有你更多的挂念与不舍。我才注意到，一株嫩绿的芽正从地面钻出来，那是你的孩子，刚刚露出头来，一切都刚刚开始，那些美好与期待，会和这个生命一起在未来的时光里慢慢呈现。

夕阳斜射在你的身上，四周泛起金黄的光芒，你和你的孩子拥在一起，亲密而美好，我真想也和你们相拥在一起，在这片土地上迎接风雨和未来的生活。

天色渐渐地暗下来，远方的城市已是万家灯火，夜风吹过，提醒我要离开你了。

我不舍，你也不舍，互道珍重。

我会常过来看你，看你的美好，看你的成长，也看你生命里的点点滴滴。最好的爱，是从此开始，你的生命里有我，我的生命里有你，我们相互珍惜，相互爱恋，一起品尝生命里的那些滋味。

不过是借口

冷风、暴雪,他接到她的电话,她在城西的一家咖啡店等他。

风狂啸,粗大的雪粒砸在玻璃上噼叭作响。

他犹疑了片刻,说:"这么大的风雪,去不成。"

其实他不知道,她根本不在那个咖啡店里,她一个人躲在家中,只是想他,想他们从前的那些美好时光。

她知道他不会去的,不过是在最后一刻想验证一下自己的感觉。许多的蛛丝马迹证明了她的判断。

他有些不忍吧,回复电话说:"等以后天气好时,再约她。"

她默默地扣了电话,内心里想:"不用了。既然不爱了,就彻底放下吧!"

她想起,最初他们相识时,那天的风雪比现在的大吧,他从城市的一隅赶过来,她的家离最近的公交站台还有一里多地,他竟徒步走来。看到他在楼下喊她,雪落在他身上,头上,就像一个雪人屹立在地面。

那一刻,有多少风雪能抵挡那颗相爱的心?

她不是让他上楼,而是欢呼着奔下楼,和他一起在风雪里牵手狂奔。

记忆总是那么清晰,藏在心灵深处。

她知道,他们之间结束了。纵然他不提,她也懂得,该分手了。

本来,她还有一丝迟疑,当她听到他斩钉截铁的拒绝,就明白,残存的一丝幻想该丢下了。

如果他爱,不要说暴风雪,哪怕地震,哪怕海啸,他也会第一时间赶过来,和她在一起。

爱情燃烧时,没有什么东西可以阻挡。

美貌如花时,可以毫不犹豫地爱,白发苍苍时,也一定会亲吻她长满皱纹的脸；健康时，会爱，疾病时，不离不弃；富有时，幸福地牵手，贫穷时，也会相依为命。

倘若，能够说出风狂雨大，雪冷天寒，困难重重的，一定是不爱了。只有不再爱时，才会出现种种借口，为的是找到分开的理由。

爱就是爱，简单而明了；而不爱了，总会有许许多多的借口。

不论男人，还是女人，面对借口，都要清醒地明白，你在对方心中分量不够重，或者已不再爱你。

不同的品位

他陪她去逛街。一个男人陪女人逛街，如果毫无怨言，那他一定是非常爱她。如果能陪她进专卖店，还会看她不停地试穿衣服，再给出自己的看法，那么，一定是爱入骨髓了。

她喜欢逛街，而且喜欢和他一起去。

她不停地试穿新衣，一件件地，穿好后问他：“好看吗？”

他不恭维，也不批评，只是说出自己的看法。她有时一直问他：“好看吗？好看吗？”他从不说“好看！”如果不适合，他会说：“你要是喜欢就买。”如果合适，他会说：“嗯，这件穿着合适。”

她喜欢蓝、绿、粉红，衣服都离不开这几种颜色。

有一次，他陪她逛了好久，她一直找不到喜欢的衣服。他指着架上一件黑色的风衣，“你试试看？”

她拒绝道：“黑色的东西，丑死了。一点品位都没有。”

“难道喜欢黑色的就没有品位了？”他反问。

她忽然觉得他在问话的时候有些陌生，从未见过的坚毅目光射向她。

他一直宽容她的偏好，偶尔的，她为什么不能试着接受他的爱好？

一个人，有自己的偏好很正常。喜欢甜点，喜欢油炸，喜欢长裙，喜欢微笑，是不是可以试着理解一下别人的喜好？尤其是那个一直跟在身边爱你的人！

喜欢与不喜欢，是很个人的私事，没有人可以阻止。你可以不喜欢，却不能不让别人喜欢。你看着非常厌恶的东西，也许别人是极喜欢的。

绿色的长裙，使她格外清纯；黑色的风衣，可以让她超凡脱俗。

不仅是衣裳，还有食物、习惯，我们可以有自己的偏好，但是不要鄙视别人的选择。

　　适合自己的，就是好的。别人亦一样想法。

　　温柔的女孩有人喜欢，辣妹也有人猛追。长发女孩给人留有好感，短发女孩干练也挺可爱。大眼睛挺好，小眼睛也有人青睐。

　　世间万物，都有冥冥之中的缘份，不要用自己的喜好去评判别人的选择。

不要怕拒绝

他那时非常喜欢她，偷偷地收集她的相片，各种神态：微笑、凝视、远眺、沉思、皱眉，等等，被他整齐地放在一本相册里。

在整个学生时代，他就是那么关注她的一点一滴，独自一人细细享用。有一次，他从一个要好的同学那里发现她的一张合影，悄悄地拿去找人PS，只剩下她在出神，那张相片，成为他最中意的一张，做成小巧的头像，放在手提包里。

他爱得好辛苦，又爱得好甜蜜。

每逢学校举办活动，他总会热心地拿着相机到处拍摄，其实，他更多的是为了抓拍她的镜头。整个学生时代，他完整地记录了她的春夏秋冬，一颦一笑，喜怒哀乐，她在他的摄影里留下了永恒的青春。

后来，毕业，同学们相互一起合影留念，他也好想与她两人拍一张，可惜，一直没有张开口，只能借和别的同学一起合影的机会，悄悄地站在队伍里。

他非常想向她表白，可是，他怕她拒绝，也怕她给他难堪。那个年纪，不经世事，一个白眼都会伤害一颗心。

他和她在两个城市读大学，假期里也偶有见面，却依然不敢向她吐露心事。见着了，风轻云淡地谈谈身边的时事，或者聊聊同学之间的趣事。就像不同轨道的两列车，相遇，一声鸣笛，又各自奔向远方。

工作后，多年久无消息，同学们成家的成家，生子的生子，从一个圈投入另一个圈，经营各自的小天地。

他也有了自己的妻，自己的孩子，只是偶尔打开那本影集，时光便会恍惚回到从前。像一幅画，不经修饰，单纯拙朴，他有自己的思念，还有莫名的期待。也许，这样挺好的，他想。

转眼间，他们毕业20年了，有同学策划聚会，他们又见面了，她风采依然，只是从青涩变得成熟，言行更得体了。

开始，都还矜持，几杯酒下肚，当年的往事就从各人的口中飞舞，在桌面上共享。谁爱谁，谁暗恋谁，原本秘藏的往事，被揭开，成为调侃的佐料。男人兴奋地报着料，女人偷偷地乐着，会有谁暗恋自己，这是多么美好的事。

唯有他，一直静静地坐着，不作声。

酒宴散场，他看到她行将离去，不知怎么的，竟脱口而出："当年我是那么地喜欢你！"

她一愣，竟有泪水盈眶，"那你为什么不早说？"

他不明白，她原也是喜欢他的。有多少次，都是她寻着机会制造了见面的巧遇，他竟不明白。

为什么要怕被别人拒绝？就是怕当时的难堪？

也许，纵然会拒绝，一个女孩也会喜欢听到这样的表白，"我喜欢你！"多年后回味起来，也会是整个青春的美妙记忆。

被拒绝并不可怕。每个人都有爱的权利，别人也有拒绝的权利。而在拒绝之罅隙里，有时会悄然绽出一朵爱的花瓣，在记忆的风中摇曳，这是多么幸运的事！

灵魂与肉体

爱上一个人，是被他的灵魂吸引，还是受他肉体诱惑？或者兼而有之？

不同的人肯定会有不同的答案。

长相、身材、肤色，这些元素肯定会有诱惑力，并且是短时间内是否有好感的重要原因。一个拥有美丽的容貌，一个姿色平庸，漂亮的肯定占便宜。

有人说："时间长了，智慧就会展示出优势。"

如果连开始都没有，哪有机会来展示智慧。不过，仅有相貌之美，若无智慧傍身，那就空洞了，缺乏内容。纵使可以有良好的开始，也难以有维持下去的能力。许多人一见倾心，谈着谈着就崩了。

有的人，初看上去，相貌平平，可是遮掩不住的智慧之光，透射出灵魂之美，一旦被发现，就会不管不顾地爱上。

最令人惊异的爱情表白就是作家沈从文先生向张兆和说的，"我不仅爱你的灵魂，也爱你的肉体。"多好，鱼和熊掌都要了。这样的情话，非要有大智慧者说才有韵味。

爱情有时也会缺乏理性，爱上一个人，便不再有逻辑。一个男人，爱上一个美女，为了讨得她欢心，会花着心思满足她的各类需求，也会不可理喻地接受她的不平等条约，甚至对她的过错，一再地谅解。所谓红颜祸水，大多是男人自毁未来。

有一老翁，老伴已去逝多年，他只愿单身一人生活在他们曾经一起居住过的地方，这里早已通知拆迁，水电不通，交通不便，但是老人不愿搬离，斯人已去，痕迹还在，这里是唯一可以嗅到气味的地方了吧。这样的厮守，虽只剩下记忆中的点滴，依然可以慰藉活着的人。

有时候，从书中读到千年以前某人话语，拍案叫绝之余，也会触动莫名情愫。所以有秦淮八艳，有苏小小，有白娘子，有西湖，有断桥，那西湖仅凭区区一湖绿水引诱天下游客？是美女的灵魂，是爱情的绝唱。

肉体是短暂的，灵魂却是永恒的。肉体是俗世的，灵魂却是超俗的。肉体是泥土尘埃，灵魂是悬崖之花。

肉体是平凡的，灵魂是高贵的，高贵的灵魂却脱胎于平凡的肉体。所以，爱一个人，既要爱他的肉体，又要爱他的灵魂，这样的爱，才是浑然一体的完美之爱。

那些爱

第四辑

旅行是一场分手游戏

她在一次购物抽奖中，意外得到免费双人游的奖励，更重要的是，目的地是她一直向往的西藏。

她和他商量，两人一起去。这是一个意外的奖励，也是一场意外的旅行。

她兴趣盎然，他犹豫不决，两人商量复商量，直到时间临近才终于定下行程。

对于西藏，她是向往的，那里的一切对她而言因神秘而充满诱惑。她期待这是一次美好的旅行，因为和他在一起。

她在到达拉萨的当天晚上，就产生了高原反应，头晕、胸闷、恶心呕吐，一点力气也没有。他躺在床上，翻来覆去。她多么希望听到他亲切的问候，或者关心地给她倒杯白开水，但他没有。

她隐忍着心中的不快，暗暗想，或许他也正在难受着呢。

躺了一会儿，她自己起床倒了杯水，一瞥之隙，见他已沉沉睡去。

她躺在床上，久久无法入眠，因高原反应，也因他的冷漠。

第二天，她头昏脑涨，兴致已减去大半。一路上，众人有说有笑，她只想闭上眼休息一会儿，像往常一样依在他的肩上，享受他的爱抚。没等她安下神来，他已撤去肩，掏出手机，繁忙地拨打电话。她的头好像不是自己的似的，摇来晃去。

她忽然觉得好孤单，不是不能照顾自己，是与自己想象的落差太大。如果开始就是一个人出来，她会有很好的安排，许多次天南海北单身一人旅游，玩得也很开心。

去纳木错湖的时候，她渐渐地适应了，高原反应也轻了许多，心情也较前天愉快。面对如此蓝天白云绿水清波，她陶醉了，很想他能抓拍一些好的景致，他却从没放下过手机。开始，她还热情地呼喊他，"来一张！"然而这话语像是掉进了湖里，等不到他的回应。

看着身边的人们忙着"咔咔"拍照，她像是一株无人注意的树，静静地立在湖边。

他原来不是这样的啊！他很会关照她，呵护她，虽然不能时时围在她身边，也是对她宠爱有加。也许，这次忽然而至的旅行，打乱了他原来的计划，随时要修补工作中的问题。她再次站在他的立场，替他着想。

后面的几天，玩得淡而无味。

返程的时候，大巴开得飞快，望着外面的迷人景色飞掠而过，她像是经历了一场梦境。

忽然，向左，向右，车失控了，一个趔趄，车翻了，车厢里乱成一团。哭喊声，救命声，金属挤压的吱吱声，混在一起。她挣扎着想要起来，却被挤在人群中，难以挪动。

她终于从被人砸开的窗户里爬出来，想起他还在车里吧。她忍着疼痛，向车里张望，寻找他的踪影。慌乱中一回首，看见他正坐在不远的草地上，一条腿有殷红的血慢慢渗出，面色惨白。

旅行就像一面镜子，会剥掉所有的伪装，把最原始的一切坦荡地呈现在面前。一对恋人，去旅行一月回来，如果还能恩爱如初，那就结婚了吧！多数人，一场旅行过后，便分道扬镳。

美丽给谁看

要去参加一个聚会，她把银行卡里的钱统统提出来，这是她积攒了半年的私房钱。结婚后，好久不曾这么奢侈地消费了，她逛精品屋，买时尚服装，一双皮鞋就花掉1000多元。要是在平时，她才不会这么浪费呢！

也许，吃糠咽菜，苦苦节省这么久，就是等待这一天。她在试衣镜里来回地比试，那服装，那鞋，穿在身上，就是美。想到未婚时，她是多么骄傲的一只孔雀！那时候，她敢用一个月的薪水买身衣服，敢去昂贵的专卖店挑三拣四，售货员都是笑盈盈的，让她享受着尊贵的上帝待遇。

那天，她早早地起床，细细地收拾自己，从头发开始，脸庞、眼睑、指甲，一一精雕细刻，仿佛在打扮一个新娘。

站在镜子前，她连自己都惊叹不已，这么漂亮的美人啊！岁月连一点痕迹都未留下来。

陆陆续续到来的女伴，对她精美的妆扮赞叹不已，她们羡慕的目光远远没有令她获得满足，她在等一个人。一个曾令她喜欢、爱慕、痛苦、失落、悲伤、憎恨的人。

有几个大款女人，虽然也穿着时尚，却没有她的打扮得体、美丽。她就像一只美丽的孔雀，展示给别人欣赏。

大伙儿三五成群，聚在一起谈论分别时光的思念，或者趣事。从人群里不时传出欢喜的笑声，她只是静静地坐在一边，不参与那群女人的话题。偶有男人的赞叹声落在她耳里，她也仅仅报以微微一笑。

当那个男人出现时，她恰到好处地从他面前一掠而过，只给他一个侧影。他的目光随着她的背影一路追随，这是她需要的目光，她能从背后灼热的气氛中感受到。

酒宴上，她故意远离他，不与他坐在一桌。她在内心里猜想他会怎么做。

男人们不停地向她敬酒，赞美的话语毫不吝啬地脱口而出。她总是微微一笑，轻轻地泯上一口，那脸上便飘出朵朵红晕，更添妖媚。

终于，他忍耐不住走了过来。她内心有了一丝得意。他径直奔她而来，举起他的杯，一饮而尽，然后，就开始滔滔不绝。她笑，多么虚伪的男人！当初，他无情地弃她而去，不过是为了自己所谓的前程，就娶了一个官员的女儿。她想让他内心有些悔意，有些失落，有些伤感。她就是一朵罂粟，美丽而妖艳，却不能品尝。

聚会快要结束时，大伙儿都在相互留电话，她一个转身，从容离去。她实现了自己的愿望，展翅飞走。

梦

她非常喜欢他，却不敢向他表白。他们之间的差距太大了，大到了无法跨越的程度。

他是公司的经理，她是一名后勤员工。

他长得高大威猛，仪表堂堂；她瘦小羸弱，相貌普通。

他月薪三万，出入有车；她年收入不足他的月收入，骑一辆二手自行车。

他谈吐高雅，学问非凡；她只有中专学历，至今未能走出生活的这个城市。

她虽然喜欢他，也只能默默地埋在心里，独自一个人偷偷地喜欢。要是这个梦想被别人知晓，不知会有多少人笑话。但是她止不住内心的喜欢，每有机会，就忍不住打量他。

她悄悄地搜集他的个人资料，他的个人爱好，他的饮食口味，他的作息规律。她就像追星族，对他的一切都格外关心，每个细节都了如指掌。

有一天，一个特别好的机会展现在她面前。他一个人开着车来到她面前，甚至还向她露出了迷人的微笑。这是什么地方？她一时想不起来。大片大片的草地，五颜六色的花儿铺天盖地，他轻盈地行走在上面。她悄悄地尾随着跟了上去。

这里，只有他们两个人。

她再也忍不住了，红着脸对他说："我好喜欢你。"

他听后，略有些惊异，"你怎么不早说啊！"

而后，他们一起聊天，在草地上疯跑。他们说了许多许多话，她对他非常熟悉，令他颇感诧异。

原来，不可逾越的鸿沟，也只是她一个人的臆猜。他给了她详细的信息，还从胸口的内衣里摸出一只戒指，要送给她。

还有什么比这更幸福的呢？她不由大声地喊出声来。

原来是南柯一梦。

回到现实，她又看到了他们之间的距离。但是她竟如此迷恋刚才的那个梦境。

人生有许多美好的梦境，现实又是如此残酷。不过，就因为有梦想，人生才不至于是沙漠，再卑微的人内心也有一片茵茵绿洲。

不要怕被别人笑话，就算做不到，或者无法实现，做一个梦总是可以的。不是欺骗自己，也不是心灵的麻醉，是行走在茫茫无际的旅途，梦想给了内心滋润，才有更多的动力寻找遥远的未来。

男人的肩膀

女人累了的时候，想要一个男人的肩膀靠一靠，让她暂时能够歇息一下。

身材高大的男人，大多拥有一个宽厚的肩膀，让女人柔弱的身躯、疲倦的头颅有一个依靠，所以，身材高大、魁梧的男人倍受女人欢迎。即使是看着，高大的男人也会让人有一种安全感。

男人的肩膀有多结实，取决于男人的身躯吗？

显然，答案是多重的。

一个身材高大的男人，会有魁梧的身材、结实的肩膀，身材矮小的男人就没有可以依靠的肩膀吗？

会有的。

男人的肩膀不一定非要依靠魁梧的身躯才能提供，如果他有智慧、才华，或者卓越的能力，一样可以提供。

谁能说那些叱咤风云的男人一定非要身材魁梧呢？早已过了依靠体力争霸的时代了。拥有超人的智慧，即便是弱小的身躯也会有过人的能量。

女人是聪明的，她们由原来寻找一个高大的男人，转而去寻找一个能力出众的男人。财富、地位、智慧、知识，可以转化成能量的，都成为男人的资本。

现在的男人也早已不会为身材瘦小而自卑了，倒是为没有过人的能量而觉得低人一头。如果仅仅拥有高大的身材，其它方面一文不名，是没有勇气说自己足够高大的。

男人坚强，女人柔弱，所以女人想要一副可以依靠的肩膀，是可以堂而皇之向男人索取的。

男人除了行动上要保护自己爱的女人，还会在其它方面提供保障，房子、车子、钞票、职业等等，无所不在。

所以，女人不仅仅需要一副坚实的肩膀了，更需要男人独挡一面，出人头地，以他可见、不可见的本领给她遮风避雨的保障。

女人说："我想借你的肩膀靠一靠！"

男人送上的不仅是自己的肩膀，更需要财富和能力。如果仅是给以一副宽厚的肩膀，女人会不会不屑一顾？这年头，女人有那么柔弱吗？

女人金口一开，男人就要倾囊而出，拥有的要奉献，没有的也要从别处借来用一用。

如果吝啬得很，就有可能招致女人非议，这男人的肩膀便顿时弱小了。

如果男人挺身而出，"你有什么难处，我来帮你。"女人定会感激不尽。即使最终未能如愿，男人的英雄本色却已光彩照人。

男人的肩膀是给女人依靠的，如果没有女人肯向一个男人借个肩膀用用，这个男人自己失落不算，也一定是位寂寞无奈之人。

所以，男人的肩膀天生就是借给女人用的，坚实与否，高大与否，都不重要，肯献出来，并且用男人的坚强来保护女人，这副肩膀就值得称为"男人的肩膀"！"肩膀"是男人形象的骄傲，女人幸福的依靠。

男人的另一面

他不是一个好男孩，贪玩、调皮、学习不好，虽然算不上坏，但是离好的标准差得远多了。

他的家境很好，家里人都期望他能出类拔萃，成为一个令人景仰的男人。他偏偏背离家人期望，甘做一个平庸的人。

原与他一起玩耍的人都已脱颖而出，在各种行业里出人头地，他却一事无成。

父母对他失望至极，却又无可奈何。

对于亲友的态度，不论别人怎么瞧他，他都无所谓。不知是表面强装的，还是真的不在乎。

有一种男人，积极向上，身上背着许多期望，亲人的、朋友的，甚至自己也会加码，负重向前。有的男人，没有远大目标，要的是快乐，按自己想要的生活方式去做，不在意别人的目光，也没有什么负担。

说不上哪种男人更好。

在别人眼前风光无限，引人羡慕的男人，自己的空间里，却会劳累不堪，活得并不尽如人意。

平庸如常的男人，不在意别人的目光，却能在人性里找到真谛，懂得真的快乐比什么都重要。

世俗的成功，与真正的快乐，天平是称不出谁重谁轻的。

他在别人的轻视中，拥有自己的快乐。

他不是一个成功的男人，他没有较高的学历，没有成功的职位，没有别人羡慕的前程。然而他有快乐，这份快乐是他自己独享的。因为他快乐，所以他自信。

　　发现他与众不同的，这个女孩是名牌大学毕业的，聪颖、智慧，在众多成功人士里，却偏偏喜欢上他，并力排众议，与他走到一起。

　　他有什么？

　　许多人不解。

　　他乐观、坚定，不在意别人的非议，有他自己的价值观。这是多么重要的男人个性啊！

　　在她的支持下，他开始规划人生。

　　他脚踏实地，一步一个脚印，走得很扎实。

　　别人眼里平庸的男人，在她这里，却成就非凡。

　　原来，每一个男人都是可以熠熠生辉的，只是需要一个能够发现并赞赏他的伯乐来发掘。

你要懂得欣赏

她是他的上司，她才华出众，管理有方，既得领导欣赏，又有员工支持。正是春风得意，却也有烦恼之事，眼见年龄已近30，不提便罢，一想起内心就会阴霾密布。

也许，她对伴侣也像对待工作一样，不容一丝瑕疵，能够选择的人就越来越少。现在，回过头来看看，当初毛头小伙，经岁月打磨，也变得光彩耀人。原来不屑一顾的男人，现在发现也有诸多可取之处。

她把自己原来狭小的挑选余地放宽，视野大了，见到的人就多。

他是在此时进入公司的，正好在她手下做事。他长得帅气，也有自己的主见，遇事会发出自己的声音。

开会，她照例在讲完事项之后，进行例行的询问，以往，大家会谈些可有可无的观点，或者热烈地鼓鼓掌，会议圆满结束。

他却不知天高地厚，对她的发言，进行一二三细细地推敲，谈了自己的观点，虽然不是否定，却是在补充，自然显出他略高一筹。她当时心里有火，却不便发作，而他却视而不见，对她的观点进行周到的分析。

当同仁对他不谙世事的行为，略有担心时，她却已对他释然。这个小男人，显出他与众不同的一面。

晚间，她细细想想他的那些话语，明显是对的，而且考虑得更有全局观。她不明白，他这样的年纪，怎么会有这样的视野。

出乎所有人的意料，她对他另眼相看，给予他更多的机会。

他是一条蛟龙，有大海就会唤雨，有天空就会呼风，只要有展示的空间，他就会显出自己的本领。

她越来越喜欢他。这样的男人，即使用起来不那么顺风顺水，也会令人青睐有加。哪个女人，不喜欢有真本领的男人。

不过，他除了在工作上认真，其它方面，对她还是非常敬重的，这令她愈发地喜欢。

她有意地把更多的事情放给他去做，偶尔也会闲聊般地听听他的看法。他就像一头渐长渐大的雄狮，野心勃发。她知道，既要给他阵地，又要适当地让他懂得规避不可预料的风险。

她把握好策略，引导这头雄狮。

是的，他虽然有技术，但是在实战中还是缺乏经验。有时候，面临实际问题，还需要她亲自出马。

她带着他，让他看到她处理问题的游刃有余。

原来，她在不动声色地向他展示自己，让他了解她，懂她。

也许，爱是在熟悉中慢慢地建立起来的，他越来越喜欢她。

发现他的锋利，便逃开不给他冲锋的机会，就会令他失去锋芒，只有不断地锻炼他，锤打他，才可能获得一个更完美的男人。

也许他不一定就会属于自己，但至少是一件自己打磨的作品。

此刻，她才明白，自己多年来一直在寻找一个完美的男人，却从未想过培养一个男人。

原来，要想得到一个好男人，你要懂得欣赏他，发掘他，给他机会，给他舞台，和他一起成长。

女人不哭

她跟着他来到现在的这个小城，远离家乡3000里，就连打个电话，都感觉遥遥的。当初，决定跟他走时，家里人不是没有劝过，要她好好考虑，她这一走，就会抛下所有亲人，还有她熟悉的风景。

她太爱他了，爱入骨髓，她舍不下他。那么，只能舍下她的亲人跟他走。

新地方，新环境，只因有了他，她不再觉得陌生。

他们相爱，结婚，生子，生活过得平顺而幸福。他对她说：想辞职自己开公司。她知道他是一个有理想的男人，不会久居人下，在单位里，他的个性鲜明，很难获得领导青睐。

她支持他。

他聪明、勤奋、努力，事业发展顺利。开始，她会帮他做些琐事，财务上的报表，公司的进货预算，她也能了解公司内情。后来，他的公司渐渐成长，逐渐规范，就不再劳烦她了。

她始终没有融入他的公司，一方面她有自己的事业，另一方面，他不想她插手公司事务。

他们的生活一直相安无事。

某日，他说公司亏了。她不太相信，一直运转正常的公司，不会瞬间就垮掉。他说：是一个部门负责人，伙同外人欺骗了他，签下一份订单，却无法完成，毁约要赔巨额款项。

而事实是，他设计把账面做成亏空，只是瞒着她罢了。

她还为他担心，却不曾想他是要与她分手。她怎么也想不明白，他为什么要分手？是她不够好吗？是她做错了什么？

都不是，男人要是有了分手的念头，不需要理由。

她能如何？这里，没有她的亲友，也没有她的后援，祸事排山倒海般直向她扑过来。

未有过的绝望，侵袭她的心头。泪水却都流向了心底。

她不敢告诉远方的父母亲人，选择了一个人默默的承受。

她与他分手后，开始着手自己的事业。连她自己都没有想到，她原来可以这么能干，从策划开公司，到跑执照、申请贷款，事无巨细，全是一个人。有时候，危机未必就是坏事，可以激发一个人的潜力。

当她把事业做出影响时，也找到了真正的爱情。她的父母还是细心地看出了漏洞，女婿好像变化很大啊。

她说：不是变化，是年轻。

她父母摸不着头脑。只是看到她很幸福的笑容，就信了她。她知道父母不会那么糊涂。他们不问，她也就不说。

坚强，是女人强大的武器。泪水，可以感动人，却无法感动变心的人。女人不哭，挺起身躯，找到自信的力量。

爱情的尊严

她是一个心直口快的人，不管别人什么感想，只顾自己说得痛快。在许多人心中，她是只可远望，而不可近观的人。有人发出评论，这样的女子，哪个男人敢娶？

她依然故我，没有人能改变她。

虽然她没有倾城倾国的美貌，但是却要男人有数一数二的能耐。

她一直剩着，与她同龄的人都已走入围城，她还是孤家寡人。大学时，追她的人排成长队，后来，职场上也不乏男人对她青睐有加。

她似乎正眼都不瞧，冷言冷语，讥讽加嘲笑，男人就落荒而逃。这令她的语言更加锋利，男人稍有不慎，就会被伤得鲜血淋漓。

渐渐地，了解她的男人对她敬而远之，她却丝毫不在意。

她对爱情无比执着，她对男人挑剔异常。

即使她如此骄横，还是有男人不知疲倦地千辛万苦寻来。

大学毕业几年了，他一直在寻她，却苦苦找不到任何消息，后在网上发现她的影踪，通过多次联系，终于来到她的面前。

他向她回忆大学时的种种，他追她追得很辛苦，却以苦为乐，在记忆里甜蜜地收藏着被她拒绝的种种画面。

他一一道来，令她倍感亲切。原来，拒绝也是令人难忘的，他把他们之间的许多细节铺陈开来，居然引起她心底的欢喜。

她觉得自己就是伟大的女王，男人需要跪下来，在她面前低声下气地哀求，她满足于这种令人淘醉的梦幻中。

她对他说："你回答我5个问题，如果给出的答案令我满意，我就考虑嫁给你。"

他说："不要说5个，就是50个，500个，我也愿意。"

她笑。"不要那么多，只要你把这几个问题回答得好，就可以了。"

她问："你真的打算娶我吗？"

他答："我梦寐以求的，就是能够娶你。从我认识你开始，就有这个梦想。"

她问："如果我喜欢别的男人，你可以原谅我吗？"

他答："当然，那是你爱的自由。你若是爱上别人，我会祝你幸福。"

她问："如果我爱上别人后，被别人抛弃了，再来找你，你还会要我吗？"

他答："当然了，只要你能回到我身边，我永远都会爱你。"

她问："如果我肚子里有了别人的孩子，你会愿意我生下，并抚养他吗？"

他答："会的，我会像爱自己的孩子一样爱他。"

她问："如果以后你有了疾病，难以支撑起家庭，怎么办？"

他答："那时候，我会让你走。不能给你幸福，就让你自己去寻找幸福。"

他回答完她所有问题，令她开心无比。

女人，是弱者，需要男人的疼爱，需要男人的关心，需要男人用宽阔的臂膀给她一个安全的支点。可是，当女人用脚踩着男人，以满足女人胜利的幸福感，这还是爱情吗？

有人愿意施虐，有人愿意受虐，这是他们的自由。但是以爱情的名义，就会亵渎爱情的神圣。哪怕有的人可以不要尊严，爱情也是有自己尊严的吧？

爱情需要自由、尊重、包容、关爱、互助、搀扶，唯独不需要施虐。最好的爱情，是相爱的人活得幸福，并且令爱情熠熠生辉。

爱情列车

日子过得越来越沉闷无聊，阿莲每每想到丈夫不思进取的样子就感到这家越来越无生趣。想到婚前的计划和憧憬全变成了海市蜃楼，阿莲就不由地心生冷意，丈夫整天迷着电脑游戏、麻将牌，要不就叫上一帮酒肉朋友喝得分不清东西南北，起初阿莲还能忍耐，想着丈夫玩一阵子收收心就好了，可是自从有了孩子后，阿莲是彻底失望了。每天忙完家务，还要忙孩子，忙完孩子才有时间做点自己的事，想叫丈夫帮帮忙，却不知他人哪里去了。

那天，好不容易逮着丈夫在家。等孩子睡了后，阿莲想和丈夫好好聊聊，谁知丈夫根本不在意她的想法，只想和阿莲亲热亲热。阿莲心里很反感，但是仍然满足了丈夫，之后当阿莲再想和丈夫聊聊时，他已经呼呼地睡着了。看着丈夫原本熟悉的面孔，现在却感到了陌生。

不久，阿莲狠狠心抛下孩子出了趟外地的差，当她坐上列车时，忽然心里有了一种轻松，说不出来的解脱。列车停在站台上时，有许多人在依依惜别地说着温暖的话语，可不一会儿，列车启动后，就把站台抛在了身后，当列车渐行渐远时，与站台的距离也渐行渐远。阿莲清晰地感悟到了她的婚姻完了。就像刚才列车启动时的风景：与站台紧挨的时候，列车和站台好像亲密无间的样子，可当列车驶上轨道后，就越走越远了。

婚姻中的两个人本是坐在同一趟列车上的旅客，随着列车奔向共同向往的地方，可是一人留恋着站台的温馨，而另一个却义无反顾地登上列车奔向远方时，婚姻的危机就产生了。不是见异思迁，也不是变心不能同守爱情的承诺，而是因为没有了共同的理想和追求，两个人便没有了理想的婚姻之旅，就注定了最终的结局是分道扬镳。

爱情如花

全家外出旅游了一周，眼里心里全是山山水水的无限风光，忘了生活中烦琐的事情，忘了锅碗瓢盆柴米油盐。旅途中真的是快乐无比。

一周后到家，发现家里竟是另一番模样。窗户上落了灰，阳台上的花儿由于缺少水分和关照，已经消无声息地枯萎。

妻望着那些平常喜爱无比的花儿，手里捏着几枝枯萎的花梗，不由暗自垂泪。想想以前阳台上百花争艳，五颜六色的花朵竞相开放，散发着清淡的花香，真有家就是花园那种温馨的感觉。

我对妻说，既然枯了就把它们扔了吧！妻听后对我说："再也不养这些花花草草的了。盛时很开心，枯了内心就很难受。"

妻边说边做起了家务，开始打扫卫生。她把房里空调上的塑料花、电视上的布绢花统统拿下来，花朵上已布满了灰尘。妻把这些塑料花、布绢花放在水里清洗后，又鲜亮如前。妻子小心地甩干了水，把它们又放回原处。

妻叹了口气：这些花没生命，也没有香气，没有人照顾也不会枯萎！

听了妻子的话，我笑她有些神经过敏。这些塑料花、布绢花还要人照顾？

妻子对我说："我一直喜欢鲜艳的、有香味的花儿，可它们需要我操太多的心，稍有不周，就悄悄地枯萎了。不如塑料花、布绢花实在，能持久地鲜艳着！"

听了妻的话，我的心中闪过一丝念想：这花不就像爱情、婚姻吗？你如果渴望爱情美丽、婚姻幸福，你就要付出相应的精力来精心照顾。你期望值越高，付出的也就越多。如果你只把美丽的爱情放在屋里，不经常呵护它，给它浇水、施肥、松土、剪枝、除虫，而是一心想要它给你美丽的花朵、芬芳的气味，这是不现实的，在你不经意间就会枯萎。如果你一开始就只要一份平淡的婚姻，也许起初并不光彩灼人，但在时光的冲洗中，你只要不时地把它拿起来洗去灰尘，就会一样地鲜艳如前。

　　鲜花虽好，需要享受的人为之付出的也多；塑料花、布绢花虽平实，却能于平实中坚守最初的承诺。爱情也是这样。

爱情若失去了冲动

他对她说："我是那么地爱你，我愿意为你付出所有。"

这是老套的情话，依然令她感动。有时候，承诺，比礼物更有价值，礼物随着时光的远逝而消失，情话却藏在心底愈久愈香甜。

她觉得能认识他并相互喜欢，是一件美好的事，在好年华，爱上一个喜欢的人，这就是缘份了。

她走在公园的池塘边，沉浸在喜悦里。一个趔趄，她翻落进池塘，看到她在池塘里沉沉浮浮，他慌了。池塘是新修建的，水很深，他想拉她，却够不着她的手。眼见她在水里起起浮浮，却束手无策。

一个中年男人经过，来不及脱去衣物，翻身跃入水里，用力托起她，他在岸上努力地弯下腰，拉她。两个人的努力，终于把她救上岸。

她浑身湿漉漉的，狼狈地坐在石椅上。他安慰她说："总算有惊无险，快回去换身衣服吧。"

她知道他会游泳，大声责问他，"你刚才看到我落水了，为什么不救我？"

他辩解说："我那点水性，即使下去，也救不了你。你看刚修的池塘，那水有多深。"

也许，他的回答是对的，如果没有别人帮助，即使他勇敢地跳进池塘，也救不了她上岸。

可是，这话总让人觉得不对劲。深爱的人遇到了危险，能眼睁睁地看着她独自于危险境况里挣扎吗？有时候，哪怕明知救不了，也应该有实际行动。冷静的分析与辩解，对于爱情来说，是苍白与冷酷的。

她更加生气，加重了语气责问他："倘若遇到恶人劫持，你看他身强力壮，也是落荒而逃了？"

他有些气短，嗫嚅着说："要是劫匪太厉害，斗不过他，怎么能轻易上前呢？"

原来如此！

"我是那么地爱你，我愿意为你付出所有。"这表白犹在耳边，他爱的不过是自己。

在危险来临时，若还能冷静地思考应该怎么去做，这大概就不是真爱。

深爱的人遇到了危险，是会忘掉了自己的存在，明知做不到，也不惜去博一次。也许解决不了问题，但是那瞬间的努力，总会让所爱的人生命能够延长，或者给那颗心温暖。

爱情，有时离不开冲动，不要总是那么理智，那是在法庭上针锋相对时应有的表现，是战场上斗智斗勇的拼搏，是与己无关的冷漠。而爱情，不仅有情意绵绵的表白与倾诉，更多的是在深爱的人遇到了危险时挺身而出。

爱如潮水

恋爱的时候，双方还能顾及对方的感受。所以两人相处得风平浪静，就像波澜不惊的湖面上，两只小舟幸福地相偎相依着泊在一起。

婚后，两人牵手走进了围城，再也不用藏着掖着了。男人回到家里躺在沙发上读书看报，或者打开电视收看新闻，衣服脏了随手脱下扔进卫生间的洗衣机里；女人下班后急急地向家里赶，路上还要顺便买好菜。一边打开电饭煲淘米加水，一边择菜洗菜，忽然发现油没了，喊男人去打斤油，而男人听而不闻，女人气呼呼地拎着油瓶下楼去。饭做好了，菜炒好了，男人还稳坐在那儿，女人就会生气地喊一声："吃饭了！"男人从沙发里伸出头，不满地嚷嚷，"就不能温柔点？"

妇人压抑的火被这句话"啪"地一声点着了。战争从此爆发，三天一小吵，五天一大吵，也不因为啥，就是些鸡毛蒜皮的事。

再好的情感也承受不了这么频繁的争吵，婚姻被争吵改变了颜色，有人习以为常地过着这种生活，有人忍受不了就渐渐地疏远了爱人。

这让我想起了漂泊在水里的船，遇上了潮水，原来亲近的船舶就渐渐地分开了。而要想仍然像先前那样在一起，就需要他们随着潮水一起涨落。涨潮时可随潮水一起涨起，潮落时一定要随潮水一起落下，如果不协同合作，也许就在潮水落下的瞬间注定了分道扬镳的命运。

而爱情就是那涨涨落落的潮水啊，不可能永远温顺永远平静，爱情之舟一旦驶入婚姻之海，就要测出婚姻的潮水周期来，潮涨时跟着涨，潮落时跟着落，有一只船不能及时随潮水涨落，而搁浅在沙滩上，另一只便随潮水不知漂向何方了。

潮水涨落有周期，人的感情变化如同潮水，也有一个周期，只有了解并掌握"情感潮水"周期的人才能在婚姻的海洋里行驶自如，而一味地向往风平浪静的初恋时光，不顾"情感潮水"的规律，爱情小舟必将搁浅或者倾覆。

爱如潮水，潮起潮落中尽显爱的真谛。

背景，请走开

她大学毕业后，只身留在这个都市里工作。年轻、漂亮，还有她兢兢业业的风格，很快赢得许多人的好感。

她不是特立独行的人，也与同事、好友一起聚餐、逛街，却一直未能找到属于自己喜欢的人，就那么形单影只。

有人给她介绍，她也不是很拒绝。于是，就有人热心起来，向她介绍那个他的身份，父亲是局长，母亲是医生，在这个城市，人脉广，家庭收入中上，更值得关注的是那个他一表人才，介绍的人滔滔不绝，她已疲倦，她不需要那些背景资料，也不喜欢这些背景里的人，即使他帅气，也不是她寻觅的人。

背景再强大，家庭再出色，也不过是装潢的漂亮些吧？时间一久，终究要褪色，斑斑剥剥。一棵树，要想绿得久，还要自己长得高大。

有人以为她眼界高。想想也是，名牌大学出身，智慧加上美貌，当然有挑拣的本钱。于是，有人在她面前，试着物色了一个更为出色的男子。介绍人又开始喋喋不休地讲起那个人有钱的父亲，在这个城市经营房地产项目，财大气粗，房子在不停地盖，地在不停地拿，钞票多得烫手。

没等介绍人说完，她就有些不悦，"爱情与钱有多大关系？况且那是别人的钱。"

"怎么是别人的钱呢？一旦你们成了一对，他父亲的钱，就是他的钱，他的钱还不就是你的钱吗？"介绍人一番推理，好像即刻就有财钱向她滚滚而来。

怎么会呢？她曾有一个蜜友，嫁了豪门，自然住的是豪宅，坐的是名车，一朝那个良人另有新欢，她被扫地出门，什么都没有。因为他名下不曾有丝毫，名车、豪宅、金钱，哪样是他的？

别人的地位、钱财，再多也是别人的！如果贪图钱财而嫁，那是出售爱情吧？当爱情变成有价证券，又何以爱情称谓？

有位同事与她谈心，她敞开心扉。

同事不解，难道你想要一个两手空空的男人？

她说："这个年纪的男人，能有多少积累？一切才刚刚开始，才出土的嫩芽，你知道哪一棵会结出硕果？"

同事劝她："还是现实一点吧！能自己打拼天下的男人，都已成家立业，这些有家庭背景的人才是你的最佳选择。"

她一指前面的大楼，遮住了她们身边的办公场所，人人憎恨。"你喜欢吗？别人凭什么给你太多优越，遮挡了光明不说，在那份阴影里生活，小心翼翼地，何必委屈自己。"

同事不再言语。她的话一针见血。同事现在就是这样的状况，在公婆的脸色中小心讨生活，哪怕做得滴水不漏，照样被挑出差错。她只能忍，忍得心肝俱碎。

也许，不要背景，生活可能要难一些，却有别样的天空，有风、有雨，也会有阳光，一切都是自己想要的。

挑选一幢新房，尚且要阳光灿烂洒满房间，何况是一生一世的爱情！

到底谁冷酷

她一直追他，她漂亮，有能力；而他长相普通，令人羡慕的是他有一个有钱的爸爸，经营着一家庞大的企业。

他的母亲不怎么看好她，劝儿子远离这样的女子。然而，他那时已经对她动了心，觉得她是那么出众，才华卓绝，待人又体贴，母亲怎么可以对她有如此偏见呢？

母亲的劝说对他不起作用，有时，他还会悄悄地透露给她，母亲不满他们的情感。她是聪明的女子，格外用心地去讨好他的母亲，买合意的小礼物，说贴心的话语，可就是打动不了他的母亲。

他们俩已到了谈婚论嫁的地步，他的母亲很认真地坐下来和他谈，说出了自己的看法与意见，既是儿子执意要和她走到一起，也不会闹得过分难堪，只是将来必如她所料，不会有好的结果。

他不信，母亲不过是偏见，与他所感受到的不一致。

母亲说："你现在有令人羡慕的身份，所以她放下身段来追你，若是她得不到这些，她会转身而去。"母亲说得斩钉截铁。

他听到后有些犹豫，真如母亲说的那般吗？

母亲提出考验一下她，若是她心无介蒂，那就是母亲多虑了，若她露了马脚，正好一刀两断。

他觉得情感若故意考验，就有些冷酷与阴险。不过，母亲的话语又让他觉得这是缓和她与母亲最好的办法，就配合母亲对她进行了考验。

母亲周到地设计了方案，安排好了相关人的台词。他住进了医院，一脸沉重要躺在病床上。她来了，他指着床头一大沓化验单给她看，她一张一张地看，脸色渐渐地变了。她说："我们再去别的医院查查看，这不可能，说不定是误诊呢？"

他淡淡地回道，"我也希望是误诊，可这是名医下的诊断。"

当天，她待在他身边不住地抽泣，哭得他的心软了，想向她忏悔，并告诉她真相，以求她的原谅。可还是忍住了，没有说破。

第二天，她发来一个消息，说忙，不过来了。他没有介意，打她的手机，却不接，她再也未踏进病房一步。

这让他始料未及。母亲说："她就是这样一个人，太算计自己的得失，在认识你之前，她有一个不错的男友，遇到你，就即刻分了手。"

他原以为是母亲的偏见，却不知母亲的慧眼，让他早日发现一个冷酷的女人。

那天，他去上班，她气势汹汹而至，大声责问他："我待你那么好，为什么要算计我？还用这么冷酷的手段？"

他忽然觉得很幽默，究竟是谁冷酷呢？感情在利益得失面前，瞬间灰飞烟灭，她如此铁石心肠，还有脸责问谁更冷酷。

等

1.

她给他打电话，不接。给他发短信，不回。QQ里留言，毫无消息。

她不相信他会那么绝情，他曾经是那么地爱她，让她很感动。

她去KFC的门口等。以前，每个周末，他们必定会来这里消磨一个晚上。这里，是他们恋爱的见证地。

她不愿坐在位置上等，站在人来人往的店门口，踮起脚尖张望，她是多么渴望能看到那个熟悉的身影啊！

从夕阳西下直到店打烊，她未能等到他。

但是，她愿意等，在他们相爱的地方，一直等到他来的那天。

2.

她的夫君是位远洋船员，他们新婚刚满半年。

一天，她接到他单位的电话，他的船在大洋深处失去了联系。那时，海面有瞬间骤起的风暴。

她不相信夫君从此与她分离。

半年过去了，一年过去了。他依然没有丝毫消息。

有人欲为她介绍新人，她断然拒绝。

她不相信夫君会从此杳无音讯。

二年，三年，她在等待中渐渐地老去。

她内心也许明白，夫君不会再回来了，可是她依然愿意等待下去。

在等待的日子里，她会想起那仅有的短暂时光，充满了温馨。

3.

她嫁给他的第三天，她的丈夫被国民党军队拉去当了壮丁。她泪水横流，他依依不舍，可是都不能改变眼下的一切。

他离她越来越远，她越来越思念他。

解放了，她依然没有他的消息。

有多少这样的女子，另择良人，而她却苦苦等待他的归期。

后来，他从台湾得到消息，原以为她已另嫁他人，不曾想，她一直在守着，苦苦等待，帮他尽责地抚养老人，直到把他们养老送终。

她不知道他是否还活着，也不知道是否可以等到他的音讯，却愿意这样默默地等着他。

他们再相见的时候，她69岁，他72岁。白发苍苍，他们手牵着手的相片，被记者登在报刊上。

愿意等下去就是爱啊！与相守的时间长短并无关系。有人相守多年，一旦分开，就会迫不急待地另觅良人；有的人，仅仅是几天相聚，却愿用一生去等待他的归期。明明可以不再去等待的，为什么要漫长地等下去？没有办法用世俗的价值去衡量，这是傻，还是痴？都不是，那些漫长日子里的等待，都是深深的深深的爱啊！

花 瓶

回家的路上，看到路边有卖花的，摊上还摆放着许多好看的花瓶，妻子瞄着一只高大的青花瓷瓶，目光像被粘住了。那个花瓶也太高大了，足足有一米五，身上的青花很美，呈现出幽幽的光泽，只是，这么大的花瓶，实在不合适放到家里，尤其是我们那个85平米的家里。

妻子盯着那只花瓶发了好久呆，我几次找话想让她离开，却没有说服她。我的内心发慌，莫非她真要把这只花瓶搬回家？

卖花的小贩看出了端倪，一个劲儿鼓动妻子。听了卖花小贩的话，我几乎发疯。他在推销产品，一个劲地夸奖妻子有眼光，懂得审美。

妻子用目光定定地看着我，那意思我明白，让我发话，并且要和她未说出来的意见保持一致。剩下来我能做的，就是和小贩侃价，争取尽量少花些钱。那只标价1260元的青花瓷瓶，最后用660元买下。

找车运输，和人谈价搬上楼。那只青花瓷瓶终于摆在了家中，我实在有些憋闷，身高一米五的花瓶，摆在不大的客厅中，就像站立着一个人，怎么看都嫌碍事。

妻子根本不顾我在生闷气，兴致勃勃地说："里面放些什么花好看呢？"

"放什么花也不好看！"我不是赌气。那么高的花瓶，要配上多大多高的花才适合？本就狭小的客厅，还要不要生活在其中的我们行走了？

花瓶就这么站在客厅里，无所事事的样子。它既没有美化空庭，也没有给我们带来享受，多的却是不便与憋屈。有时，我会发发牢骚，妻子也默不作声。

后来，妻子苦思冥想寻找利用这只花瓶的可能，却被我一一推翻。这本就是一只中看不中用的花瓶，只因她喜欢，不顾实际情况买回来，造成了一个棘手的难题。

花瓶巨大，屋里空间狭小，形成强烈反差。这只花瓶，若是随意放置花，显得不伦不类，若是寻找配套的花放进去，大概是花成了主人，我们要为它让让位置。

空空的花瓶摆在屋里几年，给我们的生活带来一定的影响。妻后来同意了我处理此花瓶的意见，经过多次推销，反复谈判，最后以200元钱出手。

花瓶占用了我们几年的巨大空间终于让了出来，没等我欢呼，妻子嚷了句，"终于可以在客厅里自由行走了。"

有些东西，很美，很惹人喜欢，却不可轻易下单，要想想是否适合自己，如果不适合，再美的东西也会成为累赘。

回 首

她回望走过的岁月，像波浪一样起伏，却一直蜿蜒向前。

与他初相识，两个都是大学刚毕业的年轻人，在这个都市里，唯有梦想同行。

她爱他的执着与踏实，他爱她的上进与努力。

现在没有的，未来一定会有的。他们相信自己，用双手可以赢得需要的一切。

开始，两人租房子住，阁楼，便宜，没有空调，夏天燥热，冬天酷冷。

他说："最苦的日子，是不是现在的这个模样？"

她说："不能说最苦，人生的起伏谁都难以预料。"

他们舍不得花钱，一点一点地积攒，看着存折上的数字在不断地攀升，他们觉得非常开心。

那时候，情人节，他想买一束玫瑰给她。他会起早步行跑到城南的鲜花店，那里靠近城郊，花好又便宜。

她接过花，花瓣上还含着清晨的露珠，她闭上眼，嗅着，仿佛听到采摘的切割声。她把花放在床头，好久都舍不得扔。

终于积攒够了首付款，他们东奔西跑，寻找合适的房源，咨询、比较、谈价，他们在此过程里，由陌生到熟悉，房屋朝向，建筑材料，空间设计，外墙防水，得房率，专业名词脱口而出，似乎成了专家。

装修时，他们为了节省刷涂料的工钱，自己动手，穿上旧服装，买来滚轮，一下一下地往墙上刷涂料。

两个人闲下来时，看着另一个脸上、身上沾满了涂料，就逗对方笑。

艰难的日子慢慢地过去了，生活一天天变得好起来。

　　她有了身孕，他开心得像个孩子，经常抚摸着她的肚皮，和肚里的孩子说着悄悄话。

　　他们讨论着孩子是男是女。

　　他说喜欢女孩，乖气，漂亮，穿上小裙子，就是一个天使。

　　她说喜欢男孩，有朝气，勇敢，爬上爬下，什么都敢试试，还会保护妈妈，有两个男人疼爱，太美了。

　　他笑她："你真'自私'！"

　　她听后哈哈直乐。

　　后来，他要辞职，想自己创业。她略有担忧。她与父母商量，老人家都不太同意，她也劝他多考虑。

　　他心意已决，执意辞掉工作。

　　创业开始并不顺利，她没有抱怨，与他一起查找原因，弥补过失。他们是聪明人，又肯吃苦，勤跑客户，多做预测，公司渐渐有了起色。

　　他一个人太忙，里里外外的事很多，交给别人办，又不太放心。他就动员她也辞职，与他一起创业。

　　她却坚持干自己喜欢的事，不愿和他一起创业。

　　他为此，跟她呕过多次气，她却不肯妥协，他无奈终于同意她的决定，尊重她自己的选择。

　　她不过问他的事，却在乎他的情感。她明白，可以不与他一起工作，但不能在他的情感生活里缺位，要找到他的生活节奏，与他有共鸣。

　　她回望过去，虽然起起伏伏，但是波澜不惊，未曾动摇家庭。

　　也许，婚姻生活也需要像创业一样，不断地检查、寻找漏洞，及时补上缺位，才可让感情历久弥新，风浪面前不致惊慌失措。

　　回首，是自省，也是补位。幸福的婚姻生活，需要经常回首。

LOVE
爱情的玫瑰

婚后闭上一只眼

朋友亮悄悄地摸到我这里来，向我诉说婚姻给他带来的苦恼，我取笑说："你恋爱时不是甜得晕头转向，曾向我说找到天下最贤慧的老婆吗？如今怎么了。"亮摸摸后脑勺，叹了口气，也没啥，可不知为何，就是受不了她的气。

亮是我的好友，婚后夫妻二人常为一些琐事呕气，我也劝过多回，可是就不见效果。而亮与妻子一闹就会躲到我这里来散心。其实他们夫妻间的矛盾也没什么大不了，两个人在一起过日子，哪能没有一点磕绊呢？可是他们夫妻俩就是容不得这点，过了这阵子就会好得跟一个人似的，倘苦哪天意见不和，又成了冤家对头。

这次，我没像往常那样，为他们夫妻俩调解，而是留亮在我们家里待上几天。第三天，亮就发现了我们夫妻间的那点秘密，一向温柔、平和的妻子居然向我发了无名的怒火，亮诧异地望着我，看我如何处理，而我当着亮的面，没事似的一笑而过。亮不解地问我，"哥们，你可不是妻管言啊！嫂子找你碴儿为啥忍气吞声。"我拍拍亮的脑袋，"你小子犯啥糊涂？这几天不论你嫂子说啥我都会让着她的。""为啥？"亮不解。"女人么！哪个女人没有那几天闹情绪？你小子这点也不懂？"亮豁然开朗，"怪不得我那婆娘有时会莫明其妙地发火呢？哥们高明。"

也许是和我们朝夕相处的缘故，在亮的眼中很温柔的我那老婆有时也会耍点小性子，而我总是宽厚地对待，甚至有点纵容，与我往常在外面的表现很不一致。亮这家伙就向我取经，我得意地告诉他，这叫内外有别，在家给老婆面子，她在外才会给老公面子。

亮似乎若有所悟，接着我对他说："婚姻中的夫妻两个人就像支撑我们行走的双腿，少了谁都是残缺的。而如何让两条腿协作好，就是要夫妻俩人和睦共处。有句话讲，婚前睁大两眼找对象，婚后闭上一只过生活。"

婚前睁开双眼是为了寻找到最适合自己的那一半，而婚后的生活则是双方适应、协调的过程。对于一些琐碎的生活纠纷，我们不要去斤斤计较，以免伤害夫妻间的感情，而是要学会睁一只眼闭一只眼，睁一只眼去打造生活，闭一只眼忽略婚姻中的矛盾与纠纷。当明白闭上一只眼的好处时，夫妻间融洽的情感就会始终伴随美满，从而让爱情之花在温馨的家庭里芬芳四溢。

婚姻的侧面

小区里几对夫妻相继离婚后引发了一场不大不小的"地震"。这几对夫妻在人们的印像里关系一直不错，有的堪称楷模。为何说散就散了？

其中有一对与我关系不错，逮着一个合适的机会，与他聊起夫妻相处的话题。他与我侃侃而谈，丝毫不见他有何不称心的事，问及他为何分，他只是说没了感觉。爱情需要感觉，婚姻也需要那种相融一体的感觉？我猜想这可能只是他的一个借口罢了。于是我找到一个机会去访问他的前妻，这位很有文化的女性与我的谈话单刀直入，根本不需营造点气氛再谈这件令人不愉快的话题。对待婚姻，更多的女性希望能够稳固和长久，而当不能维持时，就希望快点一刀两断，情感的丝线迅速斩断会痛一时，缠得久了会痛一生一世。

我有些不解地问她：可是你们夫妻一向感情不错啊！许多夫妻还以你们为榜样呢？听了我的话，她微微一笑。起身给我拿来一只花瓶，很精致，里面插着几束鲜艳的花。她问我，"你现在看到了什么？"我不知她葫芦里卖的是什么药，就按眼前所见说："一只花瓶，里面有几束很好看的鲜花。"她听了我的话，有些默然，"怪不得别人说三道四，连你都是如此片面地看问题。"她说完，把花瓶转了个身，另一边是残破的，里面的花儿也是枯枝败叶，还有许多废旧的纸团塞在里面。与我刚才所见大相径庭。看着我一脸狐疑的表情，她轻轻地吟出一句诗，"横看成岭侧成峰"，不用太多的解释了，婚姻的侧面只有夫妻自己见得到，外人所见只是些表现出来的光鲜一面。

聪明的女人只用一个透彻的实例就让我们读懂了婚姻是立体的、多层面的，而我们这些外人所能见到的只是别人婚姻中的一面，而更多的侧面只有当事人自己清楚。而我们把自己见到的极片面的印像当成了全部，怎么能得出正确的结论呢？

婚姻的佐料

在一个朋友的聚会上，我看到玥，她素净的妆扮，睿智的言谈，得体的举止，像天空的一道闪电一下击穿了我的内心，我发现自己喜欢上她了。在接下来的时间里，我尽量找机会与她多接触，倾听她的言谈，向她展示我的才华。朋友看出了我暗暗地努力，背地里悄悄地问我，"是否喜欢上玥了？"我默然，如此优秀的玥是否对我有好感呢？

想不到朋友告诉我：玥现在也是单身呢！此后，朋友经常借机约玥一起出来玩。随着见面次数渐多，应约的人数却是越来越少，到最后，仅有朋友、玥与我三人。而朋友中途悄悄地溜掉了，我明白，朋友是在给我们机会。自从那次独处长谈之后，我与玥之间有了默契，当我单独约她时，她欣然赴会。

玥好像是上帝为我精心量体后剪裁似的，她的一切都是那样的符合我的审美情趣。当我们的情感渐入佳境后，我也曾多次试着问询玥，她为何喜欢并接受了我。想不到玥坦然地告诉我，是我的那些看似平常的举动，一点一点地征服了她。我想不到，自己的细心、体贴是打动一个女孩芳心的利器。

领回结婚证的那天，我们一起去收拾租来的小屋。20多平方的小屋内一无所有，连墙壁都要我们自己粉刷，买来涂料、滚筒，拎着涂料桶，仔细地粉刷墙壁的每一个角落。和玥一起去布帘店挑选自己喜欢的窗帘，买回大小合适的床，枕头、被罩，又去厨具市场挑选灶具，当我们把一间小屋收拾成一个小小的家时，我的内心充满了感动。而玥也像进入了小妇人的角色，去菜市场拎回了几棵大白菜和葱，当我坐在床沿休息时，玥在厨房里叮叮当当地做起了饭。玥把自己精心制作的饭端出来时，我发现就是一碗漂着零星的几棵葱花的面条，而我却吃得津津有味。我明白，不是饭做得好吃，而是玥第一次用她的爱心为我做的饭里有婚姻里温暖的味道。

我们走进婚姻后，格外珍惜两个人的感情，再忙再累，我都会尽量赶回家，吃玥亲手做的饭菜。在外面遇到什么新鲜事，我也会津津乐道地讲给玥听，遇到有意义的日子，就会别出心裁地买个小饰品送给她。而玥也用她的能力和智慧把家营造出与众不同的品位。朋友光临我们小家时，从未感到因狭小而局促，反而觉得小小的空间里充满了主人的精灵与智慧。

我们的婚姻随着我们精心的维护，不断地闪耀出迷人的光彩。不仅我们自己身在其中尝着可口，就连仅闻着香味的朋友们也为之羡慕不已。这是因为我们都懂得：婚姻只是一道主菜，味口的好坏要看烹调的手艺，还有佐料是否齐全、丰富，当我们为婚姻精心添加佐料后，怎能不令身在其中的我们留恋忘返呢？婚姻中的佐料，看似无奇，却是绝不可少的调味品。

婚姻如鞋

望着鞋架上各式各样的鞋，我有些不解地对妻说："这么多的鞋子，还不够你穿的？"

妻不满地白了我一眼，"够穿有什么用？我要买双现在正流行的、穿得出去的鞋子。鞋架上的那些鞋子都是陈年古董了，你看哪双还能穿得出去？"

妻子的几句抢白让我哑口无言，只好陪她逛街，陪她去买鞋。现在鞋店里的鞋真的是各式各样应有尽有。妻子人美也爱美，哪样流行就追哪样。去年流行时装鞋，她各式各样买了三四双，今年流行尖头鞋，又不顾实际追风。

看着那种尖尖的长鞋，我的内心有说不出的难受，细而长，像一叶狭长的小舟，人没到面前，鞋尖就先到了。

妻子兴高采烈地挑好了鞋子，让我付款。看着妻子手里捧着的鞋子，我的心里直犯嘀咕，那东西能穿吗？

回到家，妻子有些迫不急待地换上。在穿衣镜前转来转去，那份自我感觉好极了！

我问她："穿着那瘦而尖的鞋，脚舒服吗？"

她不屑地对我说："好看就行！"

那天妻的同事结婚，妻穿上这双刚买的鞋子，风光了一整天。赚足了别人的赞美，风头也出尽了。晚上回家，鞋子竟不好脱下来，忍着钻心的疼痛好不容易脱下鞋子，才发现经过一天的折磨，一双脚竟血迹斑斑惨不忍睹。

这之后，妻子悄悄地把这双新买的鞋子藏进了床底，又换上了平时常穿的鞋子。有一天，我故意问她："老婆，你那双流行的鞋子呢？怎么不见你穿了？"

妻子不好意思地笑了，"穿它脚要受罪。""你不是穿着好看就行了？"我不依不饶地追问。

"算了，好看是一时的，舒适才是永久的。"妻子像是觉悟了似的说。

"你早该知道，只有穿着舒服的鞋子才是好鞋子。好看让别人去看，受罪却要自己去受。这不公平！"婚姻不也是这样吗？当爱情的双足穿进了婚姻的鞋子里，合不合适只有脚自己知道。有人的婚姻是给别人看的，在那些风光、美丽的婚姻外表下，却要忍受挤压、痛苦和折磨，如果脱下那双外表美丽、虚伪的鞋子，就会露出血迹斑斑的脚来。有的人婚姻是自己想要的那种，不在乎别人怎么看，只要自己过得舒心、合意就行，就如被人抛弃多年的布鞋又流行起来一样。鞋子是为了脚的舒服存在的，为了美观而去委屈脚，注定要痛苦不堪。

理想的婚姻和舒适的鞋子一样，是适合自己的，而不是让别人看着美丽的那种。

婚姻这盆花

真的不明白，结婚这件本来极个人的私事，为什么不论穷富都要去奢侈一把，钞票花得如流水，邀尽天下好友，把这份极个人的快乐传递给别人。如果富得流油了，在结婚时花上一笔，化妆、婚纱、摄影，豪华的迎亲轿车奢侈的宴席，也还说得过去。可是有的根本就是透支消费，也要竭尽全力地在婚礼上风光一把。

也许是终于从茫茫人海中找到了自己的另一半，掩饰不住内心的欣喜，要把幸福向所有的人宣扬吧，不惜一切把婚礼办得隆重而体面。有时，仔细想想，挽手走进婚姻殿堂的情侣大概就如那些盛开的盆花，在鲜花怒放时，竭力散发浓郁的芬芳，让开放时间再长一些，以期在人生中留下无限美好的回忆。

然而，开得越艳越浓的花似乎败落得也越快，可谓昙花一现。而且那些越是名贵的花种越是经不起风雨的考验，娇贵而且孱弱，更适宜在温室里生长。许多名花不仅需要特别的护理，而且还要有相宜的环境，倘若把它移至陋室，所有的风光都将不再，昨日的鲜艳已成惨败的枝叶了。

人有悲欢离合。总是见到许多鲜艳的女子幸福地挽着另一半满怀喜悦地走向神往的婚姻，却在花瓣还未落尽时已缘份先尽，内心长满了枯枝荒叶，此刻转回头去看当初风光无比的婚礼竟成了绝妙的讽刺。

世间的一切都是平衡的，苦和甜、悲与喜，恩与仇、爱和恨，贫与富、贵和贱，你先享受了甜的，接着就该品尝苦的了。而婚姻这盆花，如果你先灿烂无比地盛开过，剩下的日子里必然是平淡的相守了，经历过绚烂的时光是否愿意接受波澜不惊的生活呢？

那些习惯了美味的心灵能否接受平淡如水的一生啊！在漫长的旅途中甚

至还要接受苦难与贫贱的嘲弄。

　　一直灿烂地开放的花是没有的，盛开过后就是衰落的到来。与其把欢乐放大到极致，不如平淡地面对这份随缘的情感。缘来时平静地享受，缘去时安静地接纳，就如那一年四季无声无息的转换，没有大喜，也没有大悲，就那么静静地，淡然地享受上天的恩赐。

活得漂亮

一女性朋友说："人生最值得骄傲的事，是要活得漂亮。"

这一女性朋友，聪明、智慧，她不羡慕别人长得漂亮，也不羡慕别人出身富贵。先天拥有的东西，固然是基础，却不如后天努力取得的更踏实。

美貌随着岁月流逝，终会成昨日黄花，富贵这东西也像股市一样，涨落没有任何人可以绝对把握。

一个平凡的人，能期待的，就是活得漂亮。

你可以是底层的打工者，在工厂里忙忙碌碌，身边都是普通的人，买不起城市的住房，不能拥有漂亮的衣裳，却可以有自己的理想，哪怕是微不足道的小小努力，只要一点点地向自己的目标进取，就会有不断的快乐荡漾在心头。读几本喜欢的书，看一部有趣的电影，或者是与志同道合的朋友，一起闲聊未来的发展，即便暂且平凡，但是因为内心有期待与渴望，也会有与众不同的精彩。

你可以是普通的上班族，就像一颗螺丝钉，被固定在一个岗位上，周而复始，却从不厌倦，在重复的劳动里，找到生存的意义。即便简单、重复，因为有自己的感悟与思索，也会有新的发现。许多小小的建议与意见，被吸收、消化，普通的岗位变得越来越令人愉悦。

不要太在乎别人的意见与观点，自己觉得正确，并且适合自己，完全可以一意孤行，我行我素；面面俱到，任何人都不得罪，就会失去可贵的自我，而更多的世俗言论，对新事物的出现大都会充满了刁难。缺乏勇气，就会倒在平庸者的口水里。要想活得漂亮，就需要有担当。

活得漂亮，大都不会默守陈规，敢于打破陋习，在有限的范围里，做出突破与创新。

活得漂亮，一定敢于担当，有勇气、有魄力、有远见、有智慧。不囿于现有的经验，在错综复杂的关系里敏锐发现新鲜的、独到的结构关系。

活得漂亮，不在于起点的高低，哪怕是身处最底层，依然会有乐观的心态，积极的进取精神。

没有人能准确预料自己的未来，即便抓到一把烂牌，也要运用自己的智慧，争取获得最好的结局。

活得漂亮，是运用智慧、能力、勇气、策略等因素，为自己创造一个最为满意的生存状态。

活得漂亮的人，不一定要拥有巨额的财富，也不一定坐拥高官厚禄。能够活出自己的尊严，坚持真理，明是非，哪怕他只是一位普普通通的人，他也活得漂漂亮亮。

活得漂亮是一种状态，一种风格，一种境界，一种大写的人独有的尊严与气概。

两种爱情

一家卫视的相亲节目，男女嘉宾相互讨论爱情，女嘉宾说：爱情有两种，一见钟情，日久生情。

细想，确是如此。

男女之间的爱情，要么是霎那间的闪电，在雷光电火中，产生了情愫；要么是漫漫时光，日久生情，喜欢与爱在一点一点地积累中萌生。

两种爱情，都有人喜欢。

一见钟情，令心灵颤栗，是许多人追求的。那一刻的记忆，足以令一生都有了光彩。茫茫尘世，本来平淡凡俗，却因有了四目相对，瞬间的凝视就成了永恒。影视中有许多经典的镜头，给了一见钟情。

日久生情，就需要漫长的叙述来展现，情感如涓涓细流，不是山洪暴发，也不是波涛汹涌，是经久不息地滋润与濡沫，才有了情愫绽出嫩芽。郎骑竹马来，绕床弄青梅。那些慢慢度过的日子，都是记忆的积淀，都是情感的发酵。

世间有许多一见钟情的爱，表现得很唯美，却经不起时间的检验，大多以悲剧收场。一见钟情，太在乎视觉享受，而忽略了其它隐藏的因素。爱情，不仅仅是喜欢一个人的外貌，还有这个人的综合素质，文化、心理、经历、家庭，乃至其朋友、职业等，丝丝缕缕的问题，看似毫不相关，最终都会引起情感的地震。

而一见钟情，只有两个人外貌的捕捉，与眼睛这扇窗户的窥视，这些远远不够承担爱情的重量。

日久生情，显然不及一见钟情在瞬间引起的荡气回肠过瘾，却因为有岁月历练的情感积累，显得更为扎实、安全。

从爱情的可靠程度上看，多数人会选日久生情，这样的情感更为真实、稳妥。而年轻人，追求浪漫的人，则对一见钟情充满向往。

不过，每个人的爱情只是个案，没有规律可寻。有的一见钟情，可以相依相偎牵手一生；有的青梅竹马，半途仍会劳燕纷飞。所以，即便多数人不看好一见钟情，也只是概率的问题。倘若有一场浪漫的邂逅，一见钟情也属于美好的爱情。

贫穷的爱情

她和他相恋快两年了，却一直找不到要嫁的感觉。在她的印象中，他忙事业比关心她要多。经常，两人约好了的事，会因为他突如其来的变化而取消。

她想过要离开她，可是她又下不了决心。他真的优秀，刚刚30岁，把一家企业搞得风生水起，在当地有不小的影响。他对她也算不错，经常给她的卡里打钱，让她去买喜欢的服饰。

她生气的时候，最喜欢逛街购物。那次，她生日，两人约好了相聚。他在来的路上，接到了客户的电话。她生气，发火，却找不到对象。唯一的宣泄渠道，是去商场购物。

之后，她想起就生气，会在他面前提起，他说："不是有客户吗？"

她想反驳他，客户还能比她更重要吗？可是，这话说出又有何意义呢？如果她更重要，他大概不会在那一刻丢下她不管不顾吧？

她觉得受了冷落，在他满不在乎的神情中找不到安慰。很多时候，她刚想说说自己的感受，话还没有来得及展开，他就大方地说："再给你卡里打几万吧！"就像她在撒娇要钱似的。

他们之间相识相恋这么久了，在她的重要时刻，他有几次是陪她在一起的？也许，他认为有更重的事要忙吧。可她觉得，钱能买奢侈的物品，却买不到爱情的温馨。

那次，她去买钻戒，看到一对恋人，男人给女孩试戴的一幕，让她备受刺激。那是钻戒吗？那是爱啊！看到女孩含情脉脉地等着男孩给她戴上，她整个人都僵住了。即使他们买的戒指是那么便宜，可她依然觉得那个女孩比她幸福。

她回到家，看到许多物品，都是他给钱买的，很贵重，可记忆里只有她一个人在街头寂寞彳亍，再也找不到更多值得回忆的镜头。

她想在记忆里细细寻觅两个人相恋的甜蜜，能想起的，就是银行卡里永远也花不完的钱。忽然间，有一股寒意向她扑面而来。

美好的爱情，一定可以寻觅到很多温情的细节，在记忆里扎根。与相爱的人相依相偎的甜蜜远比冰冷的饰品更值得珍藏。

如果两个人相爱，最后的记忆里只剩下贵重物品，而找不到那个相爱的人，他（她）的身影，他（她）的温度，他（她）的话语，那这样的爱情该有多？

渴望真爱的人，都不会要这样寡淡、冷漠的爱情。

葡萄情

大学毕业，男友的爸爸为她找好了在都市的工作，她却更想回到家乡去闯荡一番。他们之间为此争执了好久，最后还是男友妥协了，答应让她先回家工作二年。

那年，她的家乡正在招大学生村官，她报了名，很顺利地被录取了。在乡村工作，条件艰苦不说，事业也很难打开局面。在家乡的土地上，她东奔西跑，想找到适合自己发展的方向。

一个偶然的机会，她去县城的超市，发现许多水果都是从外地调进的，价格自然偏高。紫色葡萄，一串串的，价格令她望而却步。为什么我们这个地方不能种植葡萄呢？如果自己种出优质葡萄，即可以发展当地农业，提高农民收入，又能让百姓吃到价廉物美的葡萄。

她把自己的想法与地方政府沟通，得到了支持。

她去化验了当地的土壤，很适合葡萄生长。

她联系了葡萄种苗，也很顺利。

她联系当地农民，洽谈承包他们的土地。她一个刚出校门的女孩，没资历没资金，无法取信于人。而且户与户的要求大不相同，这令她身心俱疲。

最后地方政府出面，帮她协调，农户的要求是，让她先把承包费交上。如果以后不能及时续上承包费，随时改变土地用途。

她咬牙应下。她最先想到了自己的男友，他的父亲是一家银行的行长，可以帮她贷款。男友却一脸嘲笑："你用什么做抵压？没有抵压物，银行凭什么给你贷款？"

她不服输，找到当地政府，期望能帮她度过难关。大学生创业，有小额贷款支持。

贷款下来了，但远远不够。她只好找亲友帮助，还是父母心疼她，帮她东挪西凑，终于凑足资金。

为了省钱，她亲自去采购葡萄苗，旅途辛苦，奔波劳累，她却以苦为乐。每每与男友说起这些，男友笑她自讨苦吃。

整地、沟垄、施肥、育苗，她步步紧盯，生怕出一丝一毫的差错。

眼看着葡萄在她的精心照料下，生根、发芽，慢慢成长，她把图片发给男友看，想与他分享自己的快乐。男友却冷嘲热讽，"这葡萄啥时候能长出来啊？你会不会亲自上街叫卖啊？"

她明白，男友是想让她放弃这里的一切，回城与他在一起。她却与这里产生了感情。

邻村的一位大学生村官来参观她的葡萄园，他比她先来两年，对乡村的工作也比她更熟悉。他帮她完善葡萄园的规划与生产，遇到技术问题，和她一起查找资料，寻求帮助。

渐渐，她的心与城里的男友越来越远了。

她与村官的他一起进出，一起工作，那葡萄就像他们的孩子，把他们联系在一起。

城里的男友以为她在乡村待不了多久，如今两年一晃而过，她丝毫没有回城的打算。他下了最后通牒，要是再不回城，两人彻底分手。

不在同一条轨道上跑，目标不一致，又如何到达相同的地点？

城里男友给她发来结婚请柬的时候，她与村官男友也决定相互牵手。

那年，她的葡萄园果实繁盛，一串串紫色的葡萄挂满了藤蔓。她采摘了一串又一串葡萄，亲自送给城里的前男友，给他尝尝。那一串串葡萄，摆在婚宴席上，吸引了许多宾客的目光。

她决定把自己的葡萄园命名为"爱情葡萄园"，既售出鲜美可口的葡萄，又把这里打造成旅游景点，让人们来这里采摘葡萄的时候，享受一份爱情的甜美。

牵 手

很小的时候，他们两家搬到了一起，住在一幢楼。他们那时候五六岁吧。隐隐地记得，父母们要他们牵牵手，她有些怯怯地往后躲，是他大胆地拉起她的手。

她感到，他的手真有力，小手放在他的手心里暖暖的。她抬头看他，他朝她微微一笑，她也羞涩地回以一笑。

拉过手，就成了朋友，他们经常一起牵着手，去幼儿园，去逛街，他总是照顾她。那时她想，他真好。

渐渐地，他们大了，不好意思在众人面前牵手。偶尔，他们在一起，还会短暂地牵一下手。只要把手放进他的手心，她就会觉得愉快而幸福。

他们在一个小学读书，一个中学进出。不曾想，那年高二，她在上学的途中，被一辆疾驰而过的轿车撞倒，从此失去了左腿。

他们偶尔还会在一起，只是他的父母已经明显地用另一种眼光看她，远没有他们小时候的目光亲切。

他考上大学去了外地，她却进了一家职校读书。从此，两人两个方向飞翔。

她不敢多想他们之间的事。

他读大学，成绩出类拔萃，后留在大城市工作。有一回，在所住的小区遇见他，神采飞扬，她眼里有小时候的怯意。仍然是他，主动地伸出手，和她盈盈一握。那一刻，她没有笑，却有泪水在眼眶打转。

他说："你怎么了？该高兴啊！"

她想：他大概是不懂她的想法吧。

临分别，他掏了一张名片给她，上面有他详细的联系方式。本来，是不打算联系的，不知为什么，她还是加了他的QQ。他们在网上又牵起了手，远在天崖海角，却又近在咫尺。他们由开始的矜持，到后来什么都聊。

纵使不能跟他手牵手，也可以与他心连心。她默默地想。

他告诉她，要结婚了，对象是电视台的主持人。他说得轻松自如，她却犹如末日来临，天昏地暗，日月无光，QQ霎时间一片黯淡。他在那面仍不停地发来消息，嘀嘀声不断，她却泪水滂沱，无心再看。

他或许真的不明白她的内心。心情平复后，却在QQ上再也找不到他。

某日，听邻里有人讲，他出事了。

那天，拍婚纱照，去了山边，车在盘旋的小道上行驶，他不小心打错了方向，落入悬崖。

这个消息，令她感到透骨地凉。

她要去送他。

他的父母早已哭得天昏地暗，只有她，把泪水落进肚里，默默地帮着照料一切。她双手捧着他的黑匣子，仿佛和他又牵着手走在一起。

这是最后一次牵手了。她把骨灰放进墓里，轻轻地在上面抚摸。一直，她盼望着能牵他的手，走更多的路程，却不曾想，用这样一种方式，进行最后的告别。

他若知道，是否愿意？

也许，她要表白了，他真的可以和她牵手，她想。不由地用心再抚摸一下他。

缺　失

荟茹大学毕业后才明白，即使拿到了大学文凭，跳出了农门，这未来的日子依然不是想像中的那么美好。读大学时，荟茹忍着清贫，啃青菜咽淡汤，就期望着哪日毕业了，找一家舒服的单位，过上想要的生活。想到乡下父母一辈子那种清贫的生活，荟茹就感到脊背一阵阵发凉，那要啥无啥的日子是如何熬过来的啊。荟茹要不是考上大学，在外面开了眼界，怕也会和父母一样度过余生吧！但是她现在决不回那个生她养她的乡村了，她厌恶那种与世隔绝、一无所有的日子。

可是，现在的大学毕业生如过江之鲫，随手就能捞到一把，就连一些村民居委会都开始有限制地挑选大学生就业，有的大学生竟然做起了高尔夫球场里的球童，每月才400元的薪水啊！荟茹想着就觉得凄凉，这哪里是她想要的那种生活。奔走在繁华的都市里，却找不到一个自己适合的位置，看着那些人挥金如土，荟茹觉得自己依旧没逃脱农民穷苦的命运。

好在后来有了同学的帮助，终于进了一家外资企业，做了一名她不太喜欢的文员，拿着不到千元的薪水。要租房，要生活，连一件像样的衣服都不敢添，在学校里的美好理想似梦一样破碎了。以前总觉得还有盼头，想着毕业就好了，可是现在盼什么呢？盼到月底领薪水去交房租、水电费、手机费吗？到最后只剩下可怜兮兮的几个小钱糊口。穿着路边摊的衣服，荟茹总觉着自己正在一点一点地被消耗掉。连同事们一起邀约的聚会都不敢参加，在一群香艳四射的同事中间，荟茹感觉自己是一只丑小鸭，虽然她长得并不丑。

后来，她的头儿送了她一件名贵的服装，她半推半就地收下了。头儿是有家室的人，而且听说头儿生性就好与年轻的有点姿色的女子纠缠。她明白等待她的将是一个笼子，可是她为了得到想要的东西，甚至有些迫不急待地想快点钻进去。那天下班，头儿特地等到最后走，牵着荟茹的手去了她一直想去却没有胆量去的豪华商场，他眼都不眨地随着荟茹手指的方向去埋单。自然在那晚，荟茹也把自己完全交给了别人。

此后，荟茹过上了一直期待的生活，有用不完的钱，可以买想要的服饰，去高档场所消费。荟茹觉得自己很幸福，她不在乎别人背后的叽咕与议论，甚至不怕头儿的夫人前来责骂。可是，当荟茹生日的时候，那个情人连影子都没有，他要回家庆贺儿子的生日，因为他儿子与荟茹的生日是一天。那个冷清的夜晚，让荟茹感觉到了生命中的缺失，可是她又不想丢弃现在拥有的一切。

时光如水一样流过，转瞬间五年过去了。那个曾经朝夕相伴的人厌倦了荟茹，平静地用30万元打发了她。没有告别，没有说辞，甚至连谎言都不用。30岁的荟茹就像做了场华丽的梦，醒来一切都成空。30万购走了她的青春、梦想、生命、爱情，还有未来与尊严，直到此刻，荟茹才明白自己付出的一切已经无法追回了。

走在熟悉而又陌生的街头，荟茹觉得自己依然一无所有。一切快速地来了，又快速地去了，依然逃不脱命运的枷锁，她握着手中的银行卡，觉得自己不过是个城市农民罢了。隐隐地，她感到自己把生命中的那些本来珍贵的东西像拉圾一样扔掉了，现在后悔也迟了。本来，青春与理想比什么都珍贵，但是需要用坚持与追求才能转化成自己的梦想，可是她却毫不珍惜地抛弃了。

人生总是有缺憾的

他们相爱时，都还根基浅薄，在这个城市落下脚来才仅三年。不过，她在心里暗暗想，上帝让他来到自己面前，并且从此牵手，也算幸运。

和所有相爱的年轻人一样，他们沉浸在甜蜜与幸福中。他们常常描绘未来的模样，有一处不大的房子，生一个可爱的孩子，甜蜜幸福地生活。

他们在这个城市四下里寻找房子，每个售楼处都留下了他们的足迹。房子真是太贵了，那些漂亮的售楼小姐嘴里飘出的数字，好像不是钱，不是辛苦赚来的。

经过反复比较，他们决定买城南一处较偏的房子。朋友问："为什么买那么偏的地方？"他们只能在心里说："只有那里的房子，才是他们可以承受的啊！"

房子是按揭的，自从签了购房合同，他们就开始规划装修。他们就像小鸟垒巢一样，一件件地购置这个房子需要的一切。

浪漫的鲜花、烛光、旅游，都离他们远去。

他说：等我们搬进新房，手里有了积蓄，一定会有更好的生活。

她相信他的话，和他一起努力先安置这个家。

当新房被他们装修一新时，劳碌辛苦的他们开心无比，从此，他们可以在这个城市有温暖的小巢了。只是，镜子里的他们，憔悴不堪。

生活，就是一道选择题，你选择务实，就要舍弃浪漫；你选择浪漫，就要丢掉实际。没有多少人能左手收获浪漫，右手抓住实际。

为了小小的房子，他们付出了很多，节衣缩食，辛勤加班。

终于可以轻松了，却发现，他们已不再有浪漫的心情，也无法寻找到那种迫切的渴望。

如果当初他们不去选择节衣缩食购房，开开心心地玩乐，尽情挥洒青春，也许会有另一种快乐，那也未必就可以了无遗憾，漂泊的感觉，四处搬家的辛酸一定不会少。

生活就是这样，总是无法把那个圆画得完美。

有钱又如何？即便可以购得舒适的住房，又有浪漫温情的恋爱时光，也会有遗憾存在。缺少一起奋斗的历程，没有相依的经历，那种爱情经不起风吹雨打。

不要期待完美，就连维纳斯尚有断臂之憾，何况平凡的你我？

生活可以存有缺憾，内心一定要有追求完美的动力。这样，即便生活在缺憾中，也一定可以灿烂地微笑。

赏　识

和许多平凡的女孩子一样，貌不出众的她，言语不多。

她只是默默地工作，就像一滴水，活在自己的世界里，岗位低微，薪水微薄，连一件时尚的服装都舍不得买。

他是来这个店检查工作的，偶尔的一次相遇，他发现了她的不同。她所负责的货架，规则、整齐之外，货物摆放的别有趣味，很符合顾客的购物心思。他细细地检查了这个部门的货物销量，出奇地好。

那天，他悄悄地找到她，问了她一些问题。开始，她还有些犹疑，小心翼翼地说话，他鼓励她说："我检查过你的岗位，做得挺好的。"她像是烈日下暴炙的花，忽然浇进救命的水，瞬间鲜活起来。

她都不敢相信，她可以在他面前滔滔不绝地谈自己的想法：周到、细致、长远，好像她就在等他的到来，这个计划深藏不露地窝在内心好久。其实不是的，她就是把自己的想法讲了，而且讲得比想象的要好。

他的眼神亮了一下，又亮了一下。她都捕捉到了。

他走后，向她的上级建议，把她提拔到上一级部门。出人意料，她竟然做得非常出色。一向没有人注意的她，绽放出异彩。

他还是会过来检查工作，每一次，他都会关注她的工作，发现她有进步，就会鼓励。连她自己也想不明白，她一见到他的眼神，就像有了勇气与力量，似乎什么样的难题都不再害怕。

没有人懂得，其实她自己都不敢相信，她会做得这么好。如果没有他的鼓励支持，也许她还是一名普通的员工，从不敢有任何奢望。然而，有了他的鼓励支持，她就有了向上的勇气。

虽然他们之间没有太多的交流，但是比很多的长谈更觉心有灵犀。也不过是短短两年时间，她就坐到部门经理的位置。工作得心应手，处理事情游刃有余。

后来，他竟与她成了恋人。有人恍然大悟，难怪他那么照顾她。

不是的，不是的！最初他们谁都不认识谁。只是他看到了她，然后就觉得她能做更好的工作。而她，居然也把新的工作做得风生水起。在他的眼神里，她倍受鼓舞，她找到了被人赏识的激情与勇气。

被人肯定，尤其是被有能力的人赏识，会激发出无穷的勇气与能量。王子爱上灰姑娘，此后，灰姑娘绝不会再是平凡庸常的灰姑娘。

身后的拥抱

他轻轻地打开门，她正在厨房里忙碌，他悄悄地走到她身后，双手环抱着她。从他进门起，她就知道，是他回来了，虽然嘴里说："别这样，我还要切菜呢！"但是，内心里是渴望他这样深情拥抱的。

他们相爱10多年，牵手走进围城也有6年了。他现在是一家企业的中层管理人员，她是全职家庭主妇。以前，他们在同一家企业上班，生活过得特别忙碌，两人近在咫尺，却又似远隔天涯。各忙各的，没有时间照料家庭，也没有时间花前月下。

他们有过很多次争执，谁也说服不了谁。冲突的原因很简单，都是一些琐事，当琐事一直摆在面前处理不了，就成了大事。

一个美满的家庭，总要有一个人做出牺牲，她决定退一步，回归家庭。最初，她非常不适应，在单位里，她是优秀者，身边围着一大群人。回到家里，她要围在老人、孩子身边，做不完的家务，忙不完的琐事。但是，看到干净、整洁的家，孩子幸福的笑容，老人满足的神情，她又觉得找到了价值所在。

他越来越忙，在家的时间也越来越少。她理解他的忙碌，却不能理解他的理所当然。

她和他推心置腹地聊天，把她内心的想法一一告诉他：她想要他努力工作，出人头地，更想他珍爱家庭，珍惜她。

他懂得，他之所以拥有现在的一切，是她默默地付出，为他创造了条件。他悄悄地从身后抱住她，轻轻地吻她。

那一刻，她的感觉好极了，像是回到了初恋，她很享受这样的拥抱。

她要的并不多，他决定不论多忙，也不论回家多晚，都要给她一个拥抱。

有时候，她正在看电视，他就会走过去悄悄地抱着她的头；有时候，她正在洗衣，他就轻轻地环抱着她的双肩；有时候，她正在厨房里忙碌，他就从身后轻轻地抱着她的腰……

拥抱，深情地相吻，给人特别美好的感觉，如果能在忙碌的间隙里，用不同的姿势、不同的方式去拥抱对方，也会有令人悸动的感觉吧。

轻轻地一个拥抱，能带给对方多少美好的遐想啊。

爱她，就充满深情地拥抱她。在卧室，在客厅，在厨房，在一切能够相拥的地方，轻轻地拥在一起，感受对方蕴藏的体温与默默地爱意。

石榴红

她一直弄不明白，他到底是不是喜欢吃石榴。他喜欢买红红的石榴，爱极，捧在手里像是一件玉器，回家轻轻在摆在桌上，却从未见他吃过。

初始，她不懂，见他买回来石榴，以为他爱吃，就亲自剥了，他一见，怒发冲冠，那么大的怒火，熊熊燃烧，她的爱也被这把火烧掉。后来，她对他买回来的石榴，不敢动，一直摆放到干枯，如果他不扔掉，就那么摆着。从晶莹、鲜嫩一直到苍老、干枯，放在那儿，是她无法干预的一道风景。

石榴红，一直在他心中。她又如何明白？

那时他还小，在乡下的中学，成绩出类拔萃，虽然衣着破旧，脸色灰土，依然无法遮住他出色的才华，他走到哪里都会是同学议论的焦点。那时的他悄悄地爱上一个女孩子，班里的菲，她是村长的女儿。也许那不叫爱，仅仅是青涩少年的喜欢，或者暗恋。菲清秀挺拔，水嫩的肤色娇艳无比，在那一群孩子中间像一朵花，含苞欲放。

那时，菲也从内心里喜欢他，那么聪明的男孩子，谁不喜欢呢？菲总是在石榴熟时，从家里带上一个，偷偷地塞给他。那石榴红得像火，像他内心里总在燃烧的火。他舍不得吃，放在书包里带回家，偷偷地摆在床头。摸一下石榴，就像摸着菲娇嫩的手，那么美妙的感觉。

石榴一直放着，渐渐地失去水分，慢慢地干枯。他还是舍不得扔掉，直到来年菲再送他石榴。如此三年。

他去县城读书时，她却没能再读下去。临入学的那天，他约她出来，他们一起漫步在学校边的那条林阴道上，那是夏季的晚上，他们嗅着那湿热的空气，还有路边的混杂的花香，有着隐隐地愉悦和轻轻的惆怅。

忽然，她轻轻地伸出了她的手，那只在他梦里经常出现的白嫩的手，轻轻地牵着他的手，他像握着一截柔滑的丝带，一尾游动的鱼。他忍不住，轻轻地靠近她，在她的唇上，吻了一下，他像是被灼烫了似的，猛地跳开了。

那个晚上的吻，像是一颗红红的石榴，在他记忆里燃烧。他一直喜欢着菲，他竟然吻了她，多么奇妙呀！

他在县城的高中更勤奋地学习，成绩依然出类拔萃。偶尔回到村里，他想见菲一面，却想不出合适的理由去找菲，他便有些失落，心绪飘零。

他拿到大学录取通知书的时候，选了一个夜晚，去见菲，她却没有了他想象的愉悦，菲和他说了几句祝福的话，就走了。他一直纳闷，那个热情似火的菲呢？

大二暑假回家，听村里人讲，那个漂亮的菲被父亲许给了乡里一位副镇长的儿子，菲不愿意，却又不敢违背父亲的意愿，婚后三天，菲在房里自缢而亡。令人不可思议的是，她在桌上摆着两个又大又红的石榴。

他听后心如刀绞，惟有他明白，那两颗石榴，是留给他看的。

从此，他只要遇到石榴，就会买，红红的石榴，不断地出现在他在城里安置的家中，摆着，从鲜嫩直到干枯，然后再换上。他把石榴放在心中，无人可触。

试一试

她偷偷地爱着他，却不敢说出口，就在心底里默默地爱着。

他是她的上司，身材高高的，架一副眼镜，斯文而有个性。

她看他身边的女人不停地换来换去，总是不能长久。她曾在心底里不止一次地幻想，她会成为那个陪他的女人。

年复一年，转眼之间，他们在一起工作了十年。

她从一个花样年华的姑娘，成为大龄剩女。恍然间，她到了不能再等的年纪。她不知如何说出口。是该暗示，还是直接地询问？

她向闺蜜吐露苦衷。闺蜜密告良方：向他提交辞呈，一试而知。

工作是重要，但与爱情相比，便微不足道。

她依计而行。

她向他提出辞职，他先是一愣，后无言良久。她便明白，他对她的感情仅存在于工作，是相互依赖的关系而已。

若她不是他的得力帮手，也许他正乐意她提出辞职呢。

而他的体贴，也许只是男人对女性关怀的一种本能。终究不是爱情。

她一直活在自己苦苦地暗示里，沉浸在自己描绘的情感里，不能自拔。

一个男人，若是对女人有好感，不会十年不说出爱。他不说，就是不爱。即便他很体贴，也给予很多关照，但那终不是爱情。

如果早些试一试，便会早日清醒，何必久久地守候这份并不存在的情感。

有些时候，爱要勇敢，不论男人还是女人，都要给自己一份勇气，对喜欢的那个人说出爱。至于是否被接受，并不重要，说出口了，就没有遗憾了。

爱一个人，还是要试一试才好！

手工爱情

有两个女孩子都爱他，他分不清她们谁爱他更多一些，但是他明白，她们之间的差别。

两个女孩，高些的叫娟，矮些的叫月。娟是在这个城市里独自打拼的，薪水不多，事事要自己独挡一面，所以花钱精打细算。月的父母都是有钱人，她又在一家银行上班，拿的是一份高额薪水。

和娟在一起时，他很轻松，没有压力，娟事事都考虑节约，坐公交车，逛免费公园，买普通衣裳。

月则不同，她喜欢精致的生活，对服装与化妆品相当挑剔，就连餐饮也喜欢去高档餐厅，她喜欢那里的氛围，还有舒适的服务。

娟说："我们去超市里买些零食，去公园里逛逛，挺好。"

虽然，和娟在一起，多数是他掏的钱，但是数额不多，他有一种成就感。和月在一起，有时是月付账，却让他找不到男人的尊严。

不过，她们终究是不一样的。娟是持家的女人，月是浪漫的女人。娟是在陆地上行走的，月是在水面上漂着的。

她们对他都非常好。

娟亲自给他打了一件毛衣，那种细的绒线，一针针地牵连起来，还织了双手捧着一颗心的图案，精美极了。朋友见了，都说这是商场里卖的时尚款式。

月去专卖店给他买了一件好看的内衣，卡上刷了2600元。朋友听了，说："你小子真幸福，女友肯这样为你花钱。"

有时候，他会拿出这两件衣服放在一起比试，还真分不清哪件更漂亮。他内心更倾向于月的礼物，他亲眼看到她大方地付款买的礼物，这让他多少有些感动。

他有时想，要是她们两个人的好合在一个人身上多好！

世上没有这样的完美，常常是你很温柔，却没有美貌；你很有才华，却没有显赫的家势；你有大笔的财富，却找不到真心可意的人儿。

他无法做出最后的选择，他很纠结。

忽然，天塌地陷一般，发生了大地震，一切都被摧毁，值得庆幸的是，他们都没事。

娟还是娟，抖掉一身尘土，依然过着精打细算的生活。月却不一样了，失去了宽敞的住宅，家族企业损失惨重。

他忽然明白，还是自己拥有的才是最完美的。

手里的幸福

出了机场，她的手里提着大包小包的行李，怀着身孕的她行动不便，他走在前面，拖着一个行李箱，旁若无人地直奔出租车而去。

他不会等她，也不会帮她拿些行李。他能拉起行李箱，已经是进步了。

他出身小富之家，与她大学同窗。来自乡下的她，能嫁给他，是父母口里的幸福，唯有她明白，这份幸福需要多少付出与忍耐。

她像姐姐，像母亲，照料他，而他也享受这份照料。

外出，她从不奢望他能帮助她拎些物品，那是她的事。只有她拎着这些沉重的物品，她才感觉握住了手里的幸福。她很像他的秘书，帮他拿这些东西。

想起初恋时，他大方地买来鲜花、礼品，堆在她的面前。他是舍得为她花钱的，却舍不得力气帮她提这些物品。

在乡村，她出的力气比这更多，那些农活，哪一样都是沉重的！可是她从不叫苦。与他在一起，她依然不能叫苦。

那天，在服装专卖店，她看中的衣服，他一一买下，可是，都在她手里提着，即便试穿时，他也不会接下那些包裹。营业员会用诧异的目光望着他们，他无动于衷，她也只能装聋作哑。

从乡村一步步地走到今天，她把属于自己的幸福紧紧地攥在手里，通过奋斗与努力，找到自己的理想。她懂得，幸福，就是手里的重量，提着，虽然累，但是有幸福感。

大学里的密友看到她的样子，悄悄地问她，"你过得幸福吗？"那天，她肩背手提的，他却轻松地跟在后面。

有些道理，谁都明白，可是要想做到，却颇费功夫。他多年养成的习惯，不是一朝一夕就能改变的。如果她搬来大道理，他一定会嗤之以鼻。他是爱她的。她不期望瞬间改造他，只是慢慢地影响他。

生活，既不是别人眼中看到的光环，也不是别人见到的那般凄苦，那些小小的甜蜜与幸福，藏在自己心中。

她明白，她要的幸福，不是辛苦地操劳，也不是尽情地享受。她要的，是让他慢慢地为她而改变，懂得她，明白她，疼爱她，珍惜她，不仅舍得为她花钱，也会帮助她提起手里的包裹。

最好的爱情，是两个人一手拎着物品，另一只手紧紧地牵在一起。

瞬　间

　　说不上有多爱他，只是，到了现在这个年龄，再也不能寻寻觅觅地找下去了，她眼看着许多朋友因为太挑剔，把自己找成了剩女。

　　她和他在一起，平淡，他就像一架稳妥的机器，设置好了程序，有条不紊地运行。两个人，总是她问他答，简洁、干脆，一个多余的字都不愿说。

　　有时候，她也懂得他的稳重、向上，却怎么也找不到爱的感觉。两个人，就像两条铁轨，平行却没有交集。

　　她想：如果要有更好的选择，她一定不会跟他在一起。

　　那天，她陪他一起去看房，婚房。

　　他看中了一套，指给她看。她没有觉出什么好，没有回应，就把目光向别处扫过去。

　　她无意中瞥见一套房，结构、户型、卧室朝向，都符合她的喜好。她望着愣愣地发呆。

　　他看出了她的心思，与售楼小姐说，"把这一套房的资料拿给我看看！"他拿过资料，交到她手里，"你再细看看，要是没问题就定了！"那一刻，她觉得内心泛起了一丝涟漪，这是从未有过的。她明白：他非常在乎她的感受。

　　出售楼处，他驾车与她往回返。她与他讨论着房子装修的问题，琐碎，却温馨。

　　她说："房子客厅的墙壁要做彩绘，卧室里的墙要涂温馨的颜色，吊顶的灯最好是能旋转的……"

　　他说："你觉得好就可以。"

　　她略有些撒娇地说："你也提点意见吧？"他没想到她会这样与他说话，

神情不由一愣。手里的方向盘随即偏了，有一辆逆向行驶的车呼啸而过，瞬间，他飞快地拨转方向盘，"呼！"两车相撞。她醒来的时候，在医院里，她急急地问："他人呢？"

她不知道，在即将相撞的那一刻，他就忘了自己，他只想她能活下来。

处理交通事故的警察也觉得奇怪，一般的事故，司机在紧急关头，本能地寻找自己逃生的机会，而他却把机会给了爱人。

她知道：他是爱她的。非常非常地爱。只是他不喜欢表白，那份爱藏在他的内心深处。

人生是由许多个瞬间组成的，有的人可以天天说爱你，却在瞬间把这一切抛到九霄云外；有的人从不开口说爱，却会于瞬间给你惊心动魄的宣誓。

说分手的那个人

他向她提出分手，她却轻蔑地转过脸去。

他们的婚姻明存实亡，她是知道的，可是她不能接受由他提出分手。

他们已经有三个多月未曾亲密地接触了，感情早已不复存在。他希望能够快点结束这段婚姻，而她却想在最后时刻把握住主动权。她认为何时分手也由她决定。

他受不了这样的冷战，快要疯掉了，早点结束，对他而言，是解脱。

他向法院递交离婚诉状，她说他们的感情还在，远没有到离婚的地步。她能言善辩，列举的事实清晰、有条理，法官采信了，判决不离。

他不明白她为什么要这样做。

她看到他被激怒的模样，内心有一种莫名的快感。

生活要继续，他们还在同一个屋檐下，他们还会像以前一样进进出出，她还会对他偶尔关心。

他想：也许她对他还是有感情的。试着再相处看看吧。

发生矛盾时，不免有极端的想法，一旦冷静下来，考虑问题也会客观。想到这么多年，她的种种好处，他内心略有愧疚，为什么非要分手呢？

想当初，他追她时，他是花了许多功夫的。那么多人追她，他并不出色，是他动了心思，用了功夫，牢牢地抓住了她的心。后来，她就像打开万花筒一样，看出他的种种精彩，被他迷住了。

他们的婚姻，有甜蜜、有酸涩、有苦楚、有忧伤。那些点点滴滴，就是婚姻生活的点缀，给他们带来许多美妙的回忆。

他开始试着回到原来的生活轨道，发现她还是有很多值得铭记的东西，藏在记忆深处，一旦被发掘出来，就会令人眼前一亮。

他对她不再那么讨厌，甚至重新找到爱的感觉。

而她仍然是若即若离，对他保持适当的温度。

他不知道她是否还愿意再回到从前。

就在生活向明亮处走去时，她忽然对他说："我们分手吧！"

他有点失重的感觉。

他原来是向北的，后来向北找不到路径了，就随她向南。现在，她忽然掉转了方向，令他迷失了！

她比他当初更为决绝，说分手就分手，没有丝毫的犹疑。

原来，相爱的两个人，说分手的那个人是有心理优势的。即便走不下去了，虽然有痛苦，但是说分手的那个人，还是可以有尊严的，还是把握节奏的。

她不是恋恋不舍，不是对他旧情未了，是她接受不了他的主动分手。

两个人不爱了，也应由她提出分手！

送什么礼物好

男孩子问他妈妈："妈妈，我送什么礼物给女朋友好呢？"

妈妈略有些疑惑地望着儿子，问他："你爱她吗？"

男孩子毫不迟疑地说："我当然爱她了。我觉得离开她一天就是好长时间。"

妈妈看着儿子坚定的面孔，仍然不肯相信。儿子想："妈妈这是怎么了？以前遇到问题，只要他开口，她就会给出圆满答案。"

妈妈说："你那么爱她，居然不知道她喜欢什么吗？送一件她喜欢的礼物是最合适的。"

男孩子绞尽脑汁，她究竟喜欢什么呢？衣服、鞋子、项链、耳环……他想了好久，也无法确定她最喜欢什么。

他最后决定给她买一件新衣服。她的腰围，她的肩宽，他都想不起来，只能记下大概吧！他去买衣服，店主问他，他也只能大概地描绘女孩子的身高、胖瘦。他把买回来的衣服兴冲冲地交给她，她接过去，满脸喜悦地投入他的怀抱。

女孩子嘴很甜，见到他的妈妈就喊阿姨，叫得他妈妈开心极了。

时间长了，妈妈就会告诉儿子，女孩子喜欢粉红色，喜欢呢子，喜欢穿长裙子，喜欢吃巧克力……他也会发现一些，却没有妈妈知道得多。

他就会问妈妈，"她的那些嗜好，你怎么比我知道的还多啊？"

妈妈就会告诉儿子，"我也喜欢她啊！"

女朋友对他很满意，他就会告诉她："我妈妈掌握你的秘密比我还要多。"

她惊讶地问："真的吗？"

他就会一一列举，哪些礼物是妈妈指点他买的。而这些礼物，大多深讨她的欢心。

他本以为她会更加开心，想不到她却冷了面孔，话也不多了。他弄不清女友怎么会突降"冷空气"。

不过，女友给他妈妈买的礼物，甚得母亲喜欢，直夸她是好孩子。

后来，他们结婚了。

他想给她买衣服，想到以前送的那件衣服，她非常喜欢，又想比照着再去买。她却另挑了一件。他想，女孩子真是变化快，喜欢的衣服都是常变常新。

有一次，他与妈妈聊起往事。妈妈说："你真是傻孩子，你买的衣服并不中她的意啊！"

他不服气，说："她喜欢着呢，我买给她的，经常会穿呢！"

妈妈说："经常穿那是因为衣服是你买的。一个人，若是爱上对方，另一方送什么礼物都是最好的，哪怕那是一件自己觉得可有可无的东西。"

他仔细想想，还真是如此。

素　颜

　　他是一家KTV的主管，见过女人无数，如蝶，在他面前裙裾飞舞。

　　不能说那些女人不漂亮，她们懂得打扮自己，舍得使用昂贵的化妆品，也会穿名牌服装，可他就是感觉不出这些女人的美。

　　就像一出戏，里面的人哪怕是皇后，他看到的只是漂亮的面具，找不到鲜活的灵魂。

　　在这里消费，女人多是陪衬，她们是男人身边的风景。

　　有的女人是来这里寻求人生刺激的，她们点昂贵的酒水，跳节奏欢快的舞曲，也会点唱流行的乐曲。

　　有的女人是陪男人开心的，小心翼翼地待候着身边的男人，察颜观色，把脸上的肌肉堆叠在一起，向男人奉上谄媚的笑容。

　　有的女人，按时间出卖自己，她们会用职业的笑容、奉承、谄语，把客人当成上帝。

　　这些女人在他看来不过是会笑会说话的木偶。她们的笑容空洞而虚假，身体僵硬而职业，内心冷漠而卑劣。

　　有时，他也会恨自己，为了赚钱，不得不违心地待在这里。这是一个没有阳光的地下室。

　　他走出这个KTV，就会觉得来到另一重世界，阳光灿烂，鲜花怒放。他喜欢没有化妆的世界，哪怕略有粗糙，也是真实可爱的。

　　他遇到她时，她素颜以对，令他一下心莫名地心动，就像遇到了久违的梦中情人，他们迅速地走到了一起。

　　其实，她只是收入不高，使用不起那些昂贵的化妆品，也买不起名牌服装。若有机会，她是渴望尝试的。当他们走到一起，她就有了机会，他的收入足以支撑她偶尔奢侈的想法。

毕淑敏说：素面朝天的女人最美！这样的美不是肉体的，是发自灵魂深处的芬芳。一个女人，她敢于素颜示人，她一定是充满自信的，她不仅对自己的容颜充满信心，也对自己的素养自信。一个女人，可以相貌平淡，也可以出身平凡，但只要她具有智慧的灵性，自信的内心，她一定会散发出与众不同的美貌。这不是高档化妆品可以弥补的，也非名牌服饰能装扮的。

他能陪你多久?

约会，喝咖啡，她喜欢时光在轻啜细品中慢慢地溜走，与他在一起，是一件非常快乐的事。

他很忙，每次约会，她总是早早地打扮好，等待他的消息。她就想和他在一起待的时间长些，再长些，说说话，聊聊天，或者相互对望，从眸子里读他的喜怒哀乐。那些悄然流逝的时光，因为和他在一起而增添了色彩。

他会不停地接电话，谈公司里的事，朋友的事，心思在外面，仿佛只剩下一个人留在这儿。她把不悦藏起来，静静地等他的电话早点结束，好好地谈谈心。她在等待中，他却对她说："真的抱歉，我要去办一个急事。"不等她回话，他已拔脚离开。

他是一个成功的男人，她与他相识并相恋，曾受到众多女友的羡慕。那时，她也觉得自己很风光，她想多品尝这份风光，却盼成了思念与幽怨。他一心扑在事业上，只要公司有事，哪怕聊得再高兴，也会忽然撤退，令她身边只留余温。

相恋一年，约会26次，仅有一次是他送她回家的。她盼着和他在一起，又怕和他在一起。每次的欢喜赴约，结局都会变成忧伤。恋爱中的卿卿我我，成为奢侈的向往。

她隐隐地觉得自己原来的快乐正在慢慢地淡去，别人的羡慕与赞叹被内心的忧伤中和并淹没。

她的生日，她想和他两个人一起度过，他应下了。也许，她是不该怪他的，他也身不由己。那次，他破例关掉手机，和她静静地坐在一起，温馨、宁静、浪漫，她沉醉在那份久违的温暖中。

只是，他还是习惯地看了下手机，并随手打开，一连串的号码让他像接到命令的战士，他只能奔赴沙场。

是她说分手的。她说："爱是需要土壤、水分、阳光、雨露和精心培育的，而这些于你都是奢侈。"

他挽留，她却像他以前离场那样，匆匆起身，告别。

她知道，他是一个优秀的男人，他对工作认真负责，他对朋友尽心尽力，可是，他现在连陪她的时间都没有，他拿什么来爱她？仅仅是给她丰厚的物质吗？宽敞的房子，名贵的轿车，时尚的服装，消费不尽的信用卡，可惜，她不需要这些，她轻施淡妆，简单衣衫，少有奢侈品，她最想要的是有一个人陪她一起生活，聊天、沟通、度假，在一朝一夕中品尝生活的滋味，在一餐一饮中诠释情感的意义。

物质给生活带来许多耀眼的光芒，却不能带给心灵多少震憾，仅有豪华的家，没有那个深爱的人相依相伴，这爱情就打了折扣，怎么也绽放不出情感的花蕊。

她需要一个人，陪自己慢慢走，一天一天，一月一月，一年一年，直至终生。他却连相处的时光都那么吝啬，不肯给予，那么，怎么可能期待他会在以后的日子里付出更多呢？

真实的爱情，就是一个人，愿意陪着你，无论富贵卑贱，无论贫病健康，都一往情深地牵着你的手，一生一世，陪着你一起走。在那些流逝的时间里，藏着不用说出口的爱与珍惜。

他已经不爱你了

他们的爱情，一直被朋友看好，两个人有着很多的共同话语。

前不久，两个人却闹了矛盾，最后迅速到了不可调和的状态。

开始，是她生气的，她觉得相恋了这么多年，应该再向下走，进入婚姻的殿堂，而他却没有准备好，始终不肯就范。

她就逼婚，不是拿枪抵着他的头颅，也不是用木棍武力相威胁，只是用了一点女人的小伎俩吧。

他一眼就识穿，嘲笑她是想结婚想疯了。

她一听就恼了。哪个女人恋爱到最后不想结婚？

他以为她会像以前一样，在他的笑声里收敛了最初的疯狂想法。而她没有，变本加厉，更为愤怒地向他发出责问。

这是从未有过的，她也会河东狮吼？

他永远也不会明白，再贤淑的女人，也会失去耐心。面对一个想嫁的男人，给出婚姻的承诺，大概是对女人最好的爱了。

愤怒过后，生活还是要继续的。她平息了怒火，他却无法平息这次情感纠结。他想逃了。

她无论如何向他解释，向他认错，他都不理。

他铁了心要离开她。

她想不到自己一次真情演绎，竟遭遇如此结局。

她想用温情继续将他捕获，而他已不再是从前的他。

她给他煲汤，给他捶背，给他按摩，他却无动于衷。

他的冷漠，像刀一样割着她的心。

她却不敢再发丝毫脾气。她终于是怕他了。怕他真的离开。

她想继续对他好，做他温柔的小女人。

他开始躲她，甚至不接她的电话，不要她按摩。

最后，她为他煲的汤，他也不喝。

他与她的距离越来越远。

她向朋友哭诉，该如何挽回他的心。

朋友听了她的诉说，冷静地对她说："离开吧！他已经不再爱你了。"

她惊问，"为什么？"

一个男人，当他不再需要女人的温柔，甚至精心煲的汤也不肯喝了，说明他真的冷了心。他不再信任她，不想喝她煲的汤，不想吃她做的饭，不敢面对她，也不再愿意与她相互厮守。

当一个人，心已先离开，越是想挽回，越事与愿违。

当男人决意离开，最好的决定，是让自己有尊严地活着，并且活得很好，而不是试图靠乞求换回爱情。

他已经不爱你了，那就让他走吧！

她的美

　　她有惊人的美艳容貌，犹如一朵耀眼的花，走到哪里，都有跟随者的目光。
女人拥有如花美貌，是她的一张名片，她会拥有比别人更多的机会。

　　初来的时候，大家一边羡慕她的美丽，一边略有些嫉妒地议论。

　　"这样的女人，大多是花瓶，没有什么真才实学！"

　　"没有真才实学怕什么？人家有的是美貌啊！漂亮就是资本。"

　　"只用美貌做跳板，吃青春饭，不会长久。"

　　……

　　各种各样的议论，只因为美貌，她被很多人不看好。

　　没多久，她被选作老总的助手。与众人想象的一样，有机会接近上层。
她欣然领命，愉快地在老总的身边工作。

　　老总带着她，初始是当作一朵耀眼的鲜花，渐渐地，发现她不仅美丽
耀眼，而且应付各种场面游刃有余，才华胜过她的美貌，不由不令人另眼
相看。

　　老总开始敬佩她，老总身边的人开始敬重她。

　　这样的女人，是女中豪杰。然而，出人意料，她却没有女强人的颐指
气使，也没有咄咄逼人的霸道，她依然柔韧、美丽。她对下属，尤其是底层
员工，如兄弟姐妹般亲近、温和，话语亲切。她的品行获得更多人的认可与
赞扬。

　　有一位员工，违规操作，导致事故发生，她现场了解情况后，做出了合
适的处理。事后，了解到这位员工之所以违规，是因为情况紧急，她需要及
时赶赴亲人的身边照料。她亲自去看望了那位员工的亲属，还带去了一份慰
问金。

渐渐地，说她是花瓶的少了，赞扬她能干、体谅人的多了。

其实，一个女人拥有美貌的外表固然好，哪个女性不想美貌如花？可是，美貌是继承的，是基因的延续。而品行，智慧，是修炼的，它比美貌更能获得广泛的认同。

她的美，不是外表的鲜艳，是芬芳的馨香与持久的魅力，还有她内心的坚守。有些人的美，会随着时间的变迁，容颜褪尽时，也消失无踪，只能在回忆里追寻；有些人的美，会随着时光的流逝，虽苍老蹒跚，却依然光芒四射，那是心灵的光亮。

未来的生活

不满足当下生活的人，对未来充满了希冀。

未来会拥有什么样的生活？一定会比现在要好。因为要好于现在，所以才会对未来满怀期望。

没有房子的人，会想：不久的未来，可以拥有一套自己的房子，哪怕不算太大，只要可以安顿下一家三口，可以在这个小小的属于自己的房子里过着日常生活，就非常满足了。房子当然会按自己的要求装修，涂上自己喜欢的颜色，安装自己想要的家俱，铺上自己满意的地板，一回到家，就有一种满足与愉悦。

没有对象的人，在心里想，未来一定可以找到自己喜欢的人。那个人，一定站在前方的某一处在等待自己，也许要几个月，也许要一年，甚至更长的时间，只要坚信前方的目标，就会有奇迹发生。

那个人不需要十分漂亮，但是，会是自己喜欢的模样，与自己的脾气相近，爱好相同，某一天，两个人相遇了，像是熟人一样，一举手一投足，就会有一种与生俱来的默契。

遇到了，牵手了，从此不离不弃，相依相守，共同度过余下的人生。

没有成功的人，会想，现在的失败不可怕，只是时机未到，只要坚持下去，未来会云开雾散，晴空万里。

现在的磨难，是对一个将要成功者的打磨。没有一帆风顺的人生，在奋斗的路上，越是能够承受磨难的考验，越有机会抓住稍纵即逝的机会，从而成功。

没有找到理想职业的人，仍在求职的人海里奔波，在不停地向别人推销自己。不是自己不好，不是自己不能胜任欲求取的岗位，是没有机会，没有一个平台，没有人赏识。

……

未来的生活究竟是什么样子呢？

正因为未来无法一一探究，所以才充满了诱人的魅力。

不满足于现实生活的人，因为对未来充满了希冀，所以才有信心向前奔去。

其实，未来并不遥远。

未来正在自己不远的前方，拥有什么样的现在，就可以想到有什么样的未来。

想不劳而获，或者期待像摸彩票一样，拥有一个瞬间改变命运的机会，那概率太小了，小到可以忽略不计。

想要拥有一个什么样的未来，就要付出那样的努力。现在没有，可以通过努力与补充，把不满足的条件补齐，再努力为自己创造机会，那么，想要的未来，就会如期而至。

不要过度去期待未来的美好，想想过去，通过自己的努力，改变了什么？三年前的模样，与现在对比，有什么样的变化？

如果看到了变化，未来一定会有更多的变化。如果没有变化，是因为什么原因？是没有改变自己，还是缺乏改变的条件？

未来的生活，不会从天而降的，要自己努力去做，一点一点地不断争取到的。

谈恋爱

"我行过许多地方的桥；看过许多次数的云；喝过许多种类的酒，却只爱过一个正当最好年华的人。"这是作家沈从文的话，读来很有味道。细想人生，经历的再多，也没有比恋爱更美好的事了。

看过再多的风景，有淡的时候；喝过再美的酒，有厌的时候，唯有爱过的人，在心里永远美丽着，成为不老的风景。

与一位女作家聊天，她略有些恨恨地说："如果女儿长到青春年华，一定让她好好地谈几场恋爱。"女作家的父母都是知识分子，对她管教甚严，而她也只懂好好学习，天天向上，等她到了恋爱的年纪，却不知和谁谈。那时，父母也急了，托亲拜友，想给她找个好夫君。岂不知，这不是购物，去了超市，一手交钱，一手领物。

她未曾经历的，希望在女儿身上得到补偿。话说得斩钉截铁，掷地有声。

其实，恋爱远不是读书上学那么按步就班。冰心对铁凝说："好的伴侣是等来的。"铁凝一直等到50岁，才等到她的如意夫君。

恋爱就像随意行走在街头巷尾，不经意间发现一株花，那么地令人欣喜。忽然而至的喜悦，比刻意的经营更有诗意。雨巷里那个撑着油纸伞的姑娘，大概是众多男人最为倾心的恋爱对象吧？

台湾作家吴淡如说："爱情，不是得到就是学到。"把爱情诠释得淋漓尽致。两个人相遇了，相恋了，要么成功牵手，要么分手告终。成功牵手了，你就是获得了爱情的果实，分手也不必悲伤，总会从恋爱中学到一些有用的东西，用来弥补自己修养、学识、经验的不足。

不论男人，还是女人，到了恋爱的年纪，都要经历轰轰烈烈的恋爱，就像青涩的果实，必须要经历风雨的洗礼，才会有可口的香甜。恋爱是婚姻的预备学校，在这里可以学到许多知识，供婚姻期间使用。

有人说："二手男人才可贵。"就是因为经历过，所以才懂得珍惜。许多青春年少的人恋爱，总会对一些鸡毛蒜皮的事认真，而两个人的感情却成为次要的事。也许，成熟的爱情，需要经历过几次恋爱。

谈恋爱成功固然可喜，谈恋爱失败也会有所得。所以，在青春好年华时，认真地谈几次恋爱吧！

贴心的地方

他们已经分手。但是，在她的心里，依然把他放在一个很重要的位置。

那天，他接到一个陌生的电话，通知他，她遇到了车祸。

他急急地赶去那家医院。见她躺在医院的病床上，医生正在紧张地进行抢救。

他跑前跑后，忙上忙下，依然是她最近的亲人。

帮助处理，签字，配合医生的咨询，他熟悉她的一切。

很幸运，她从死神的手里逃脱。多亏医生的精湛医术，也多亏他的及时到来。他懂得她的禁忌，明白她的需求。

她醒来，第一眼看到他，读到他眼神里的关切、疼爱，她隐隐地获得满足。他见她脱离了危险，紧张的心情松驰下来，略显疲惫。

此后每天，他都会抽出时间来看她，医生、护士都把他看作她的男友。一个小护士甜甜地说："你真幸运，有这么好的男友疼爱。"

她没有反驳，他只是她曾经的男友。

当时，他们曾经真诚地相爱过，两个人期待着牵手走过长长的一生。却不曾料到，也有倦的时候，她明明读懂他真诚的爱，可就是觉得不再适合了，少了激情，少了内心的萌动。

她渴求爱得轰轰烈烈，而他们却如小桥流水。

可是，虽然分开了，她却不曾让他离开她的心扉半步。她把他的电话设置成最快的拨号，她把他的信息藏在最靠近心灵的地方。她相信，在她最危急的关头，他一定会毫不犹豫地挺身而出，帮助她、照顾她。

她没有看错他。

有些人，明明相爱过，爱得海誓山盟，爱得天昏地暗，爱得山河失色，可是，一旦受到丁点伤害，即刻忘记了曾经的爱，把自己的利益当作最高指标，保护自己成了惟一的选择。

有些人，明明受了伤害，却丝毫不曾埋怨对方，给对方自由，让他（她）活得更好。只有在紧急关头，才会奋不顾身地站在对方面前，奉献自己。

爱情有千千万万的选择，选择我们最想要的那份爱情，没有错。就像我们要吃最好的果子，自然会千挑万选，许多本来颇有姿色、口味不错的水果，却因为有人过分挑剔，而失去机会。

她相信他，却没有办法爱他，不能把两颗心放在爱情的碗里相融。

他爱她，肯为她付出，却又放她寻找真正的爱情。他宁愿自己受伤，也不愿她有半点难受。

有时候，爱情真的是一种伤。最好最美的爱情，是两个人水乳交融，纠缠在一起分不清彼此。然而，现实生活中，却往往是单相思，一个对着另一个痴迷。

倘若不能进入最好的境界，选择让对方去寻找想要的爱情，也是美好的。所以她懂得他的好，就把他放在仅次于爱情的地方。只是不知道，这样的情感，能存活多久。当他有了爱的人，她还可以肆意地召唤他吗？当她有了牵手的人，是否还会给他一份无间的情感？

听 爱

爱是可以听的。

听歌，听与爱情有关的流行歌曲，一首歌就是一个爱情故事。有喜、有悲，有乐、有痛，有笑、有泪，听那些与别人有关的爱情，能感受到爱的特殊魔力。

最流行的歌曲，多数是关于爱的。爱的故事，超越语言、种族，可以在全球流行。只要有旋律，就可以听，听歌里面的悲欢离合。

面对喜欢的人，就唱一首喜欢的歌表达感情。唱山歌，会情人，这爱，就是听出来的。

高雅的演唱会，观众不仅仅去听那高雅的艺术，如果失去爱的内容，再好的艺术家，也不会有听众。

愿意聆听的，是爱的声音。

《梁祝》之所以经久不衰，是里面的爱情太凄美。

听爱，就想要一个好的结局，如果生不能在一起，那么死也要双双飞。

听到这样的故事，泪水忍不住奔涌而出，之后的结局，是悲剧的完美。

我喜欢听别人的爱情故事。无论是在都市，还是在乡村，关于爱情的话题，都会拥有大批的听众。

一个普通人的爱情故事，因为没有顺理成章的进行，所以就会被人关注，被人细心倾听。

一个工厂里的男子，因为工伤，失去了右臂，他的妻子用她柔弱的肩膀挑起家庭的重担，让男人有了继续生活的勇气。妻子所到之处，被人用赞许的目光包围。

一个负心的男人，把怀孕的女友抛弃，自己逃掉，杳无音信。在街头，女子边哭边诉，有人同情她，扔些钱帮助她，有些人将信将疑，对她进行问询，却无法了解真相。

一个女子，因男人不能给她所谓幸福的物质生活，遭她百般辱骂，冷嘲热讽是家常便饭，男人忍久了，就心态失常，一怒之下打了她，她疯了似的相扑，男人失手将她打死了。

这些听来的故事，普通而庸常，却依然有人愿意耐心地倾听。

凡是与爱情有关的故事，都值得倾听。因为爱情，是多么地美丽。

男人要出差，女人唠叨开了，把必须的生活用品打包装好，又一再嘱咐在外面要细心照顾好自己，要注意饮食安全，要保重身体，要注意休息，要少量饮酒，要注意交通安全。

"又不是孩子，需要这样唠叨吗？"男人想。

不是唠叨，是爱。用心听，就能听到爱的声音。

家里，单位，途中，随处打开耳朵，用心聆听，就可以听到爱。

路上，车上，船上，飞机上，熟悉的人，陌生的人，话里话外都可以听到爱。

你用充满爱的一颗心去聆听，就会听到。

完美的悲剧

她非常能干，嫁的那个他也很好，婚后的日子过得令人羡慕。

越来越好，人们总是这样追求以后的生活，他们也不例外。他想辞去现在的工作，办公司，赚大钱。

她知道他的野心，也明白他的能力，考虑过后，支持他的想法。

有了她的理解，他大刀阔斧，筹措资金，选址装潢，一切都很顺利。

如果不是那次意外，他们的事业一定会蒸蒸日上，婚姻生活也甜蜜恩爱，然而，那一场车祸，让一切都改变了。

那次，他急着去谈一单业务，清晨，大雾，她一再让他晚些出发，他觉得公司刚起步，需要认真经营，更需要对客户诚心。

路上，他虽然小心翼翼，但是在一个路口，迎面而来一辆货车，把他的车撞向一边，他当即昏迷不醒。

她像是遭到了撞击，对这突如其来的变故，懵了。

等她清醒过来，原有的幸福也失去了翅膀。

她是坚强的，决定把他的那个公司接手搞下去。

她原本不擅于交际方面的事，为了公司的生存，也学着应酬，与各色各样的人打交道。

她学着处理公司的业务，学着与客户交谈，虽然不是得心应手，但是也能应付方方面面的事。

原来是两个人撑起的天，现在需要她一个人顶着，他躺在床上，连生活都不能自理。

她在事业上要强，不想被别人轻视，更不想把他创立的公司搞得惨淡不堪。

她在生活上要强，希望比别人过得更好，不仅是经济上要有进步，家庭生活，他的健康，以及两个人的未来，都要有计划地向新的目标努力。

公司在她的努力下，被经营得有声有色，她是众人眼中的女强人，饱受人们赞誉。

家庭的变故，没有击垮他们，反而在她的坚持中，绽放出新的嫩芽。

他开始有所好转，能听懂她的话，可以用眼神与她进行交流，如果坚持下去，虽然不能完全康复，至少可以进行简单的活动，能够生活自理。

慢慢地，他恢复得越来越好，可以进行对话，可以自己下床挪动。

她里里外外，哪儿都不愿示弱，都要做得出类拔萃。

有时候，她也有痛苦，在心里起伏，但是，她能对谁倾诉？他躺在床上，需要人照顾，需要人安慰，怎么可以再对他去倾倒不良情绪？

别人，对她有的是仰视，看她如此精明能干，赞不绝口之余，多的是羡慕。

也有人，看她如此强悍，羡慕之余，有不满在心底涌动，变成流言蜚语。

她想，只要能把公司做好，能把家庭照顾好，其它的并不重要。有情绪，也忍着；有郁闷，也承受。

公司新接一单业务，令她非常开心，这是她辛苦了好久才签到的。对方非常挑剔，对合作方的选择格外严谨，如今，水到渠成。她给他讲这些，他却非常冷淡，劝她，不要想着把公司做那么大，可以养家就好。

她怎么会在此刻软弱？一定要做到更好。

殊不知，他早已听到了风言风语，知道她在外打拼不容易，就一忍再忍。

如今，再也忍不住了，这一单大业务，他不愿意要。

原来，他对她有疑问，有太多的隐忍。

她那么辛苦地打拼，那么艰难地付出，在他眼里，始终都没有得到尊重。

那么坚强的她，此刻竟如此脆弱，三楼，她一跃而下，像蝶一样，飞。

不要过分地追求完美，留一个出口，给自己，也给他人，压力、疲倦，都会减少许多。

把自己包装得格外完美，承受的压力也绝非常人可以做到，不如，放低身段，做一个普通人，有些小缺点，有些许不足，这样，可以踏实地奔到想要的高度。

完美的想象

她经常从他闲谈中听到，他中学时的一个女孩有多美！大眼睛，高鼻梁，皮肤白皙，喜欢笑。他是不经意地说出的，每每看到女孩子，他就会不由自主地与中学时的女同学比。

她就会打趣地说："莫非你那时早恋？喜欢上人家了？"

他忙说："不是不是！"

其实，在他忙着拒绝的时候，已经把他内心的紧张与掩饰毫无疑问地泄露出来了。只是，她不想戳穿他，那样多少有些残忍。

有时，她会问他，"你没有她的相片吗？"

他说："那时候，农村挺贫穷的，再说镇上照相馆仅有一家，谁会没事去照相呢？"

其实，他们毕业时，是有一张集体大合影的，他们都在。读高中在县城，他寸步不离地带着那张相片，珍惜地放在箱子底下。每当疲倦时，就会翻出来看看，心里就会有了动力。高三时，学习压力很大，只要看到那张相片上的人，就有了无穷的力量。

读大学时，他自然又带上那张相片。不过，在一次野外活动中，他弯腰时不小心把相片脱落了，掉入江水中。那时，他的心仿佛都感到疼痛。此后，多年来，他一直在心中描绘着那个女孩的容颜，越想越美丽。

她心细如发，明白那个女孩是丈夫朦胧的初恋，藏在他的心中。她有时好奇地想，也许，那个女孩确实漂亮吧。

春天，他在乡下的母亲过70寿辰，他们都要赶回去。他开车，带着她和孩子，一路上说说笑笑，那些路程就被丢在了后面。进入一个小镇，他指给她看，那所学校就是他曾就读的中学。不大，就那么十几幢房子，陈旧的围墙上刷着几行标语。院里院外长着高大的白扬树，绿荫如云。她想，在这样的学校里读书，多纯净啊！

车子拐了一个弯，在路的左侧停下了。他向着窗外望去，一个妇女正站在一边等车。他招呼说："阿丽吗？过来坐啊！"

那个妇女回过头来，惊疑地向他们的车张望。她想：这个妇女就是那个漂亮的阿丽？她是多么普通啊！不高的身材，略有些胖，头发凌乱地飘着，身上的衣服宽松肥大，把她的身体罩在里面，皮肤也不像丈夫描述的那样白啊。

此时，他说："阿丽，我是明君啊！"

那个女人才回过神来，微微一笑，确是好看。招呼阿丽上了车，他问她要去的方向，一路颠颠簸簸地把阿丽送了回去。

她看到他心情格外高兴，觉得有些不可思议，就是这样一个女人，让他多年来一直念念不忘？

其实，她永远不会明白，有些人，会在想象里被描绘得超乎寻常的美丽，那是因为思念与单纯的爱，并非本人超凡脱俗。离开故乡久了，就是家乡的一条水沟，也会因相思而美丽绝伦，何况一个朝夕相处了几年的同伴？在日日夜夜的梦幻里，如何不美丽？

相爱许多年

喜 欢

有一次，他去书店，他的新书刚上市，他想看看新生的"宠儿"是否受欢迎。

他的书整齐地摆放在书架上，看着就喜欢，粉嫩、鲜活，生命力旺盛，他有些忍不住拿起一本翻看，里面熟悉的故事一一浮现在眼前，那些曾经的画面犹如影像匀速滑过。

身边，一个女子，正捧着一本书，读得很享受。他一瞥，正是他的书啊！她那么投入地读着，整个人，整颗心都沉浸了进去。

他的书，摆放的位置不算好，静静地立在书架一隅，不是热闹的去处。只有真心喜欢的人才会挪动脚步寻找到这里。

书架上那么多的书，一队队地站着，就像众多的作家站在那儿等待与读者打招呼，有人欢喜地捧起他的书，他是何等欣喜？

她的目光在字里行间穿梭，她的心也一定跟随他的文字行走到他的思想里去了。她读得那么陶醉，那么投入，不时发出会心的微笑，她仿佛读懂了他的内心，或者被他幽默、诙谐的文笔所折服，不断地向下翻开新的一页。

他很喜欢看她埋头静读的背影，如果这样的画面做一幅插图，放进书中，一定会更有感染力吧？

忽然，她合起书，转身走向收银台。那一刻，他多么希望能和她说上几句话，哪怕随意的一个问候，可是他却找不到什么借口与她搭讪。难道要说："嘿，我是这本书的作者，真想和你说句话！"

那会多么唐突，甚至有些不很礼貌。

喜欢就默默地喜欢吧！

她喜欢他的书，也许只是喜欢书里的故事，书中的文字。吃可口的鸡蛋，不一定要追寻是哪只母鸡下的蛋吧？

她会把他的书放在什么地方呢？

床头，书柜，还是工作台上？

她会在清晨某一刻细细地读这本书，还是在夜晚柔和的台灯下静静地品读这本书？

她是一个人体味书中的故事，还是和其他人分享这本书的乐趣？

她喜欢他的书，他则喜欢想象读他这本书的读者会有什么样的感受。

从来，喜欢都是相互的。喜欢一个人，喜欢一本书，喜欢一朵花，那他们一定有许多共同的地方，颜色、气息、味道、声音、体态、身姿，仅仅是风中的一种摇曳，就会打动喜欢者敏感的心。

喜欢和你在一起

他偷偷地爱她，却不能向她表白。她是公司里的一朵花，靓丽、引人瞩目，每个见到她的人，都会止不住喜欢。

她有一个可意的男友，形影不离。

他只是在内心里独自暗恋着，他明白，即便没有那个男友，他还是没有机会与她在一起。

她是那么美丽，又那么高贵，明明每天都会见到，却仿佛与他隔着千山万水。

就是偷偷地暗恋着，也是美好的。

每每见到她与男友出双入对，他会在心里默默地祝福他们，让她过上开心幸福的生活，是他的心愿。如果不能拥有，那么就看着她开心。

她与男友甜蜜异常，她在爱情的滋润下更加动人。

她与男友开始谈婚论嫁，她的话题也是婚礼中的种种准备，边说边笑，洋溢着幸福。

婚检，她查出问题，血液有多项指标超过常规值。一查再查，查明她患有白血病，早期。

婚礼没有举行，却住进了医院。

这是一个很危险的病，治愈的希望渺茫。她的心情复杂，男友不时会过来看望她。

随着住院日久，病情发展趋势严重，男友的脚步就稀了，渐至于无。

她的头发脱光了，有时戴着假发，有时就光着的头颅。镜子里一晃，她发现一个吓人的自己，哪个男人能守着不逃？

他是和同事一起去看望她的，那天，他捧了束鲜花，去看她。

她打起精神，在同事面前假装坚强。

后来，他的脚步就勤了，常去看她，陪她聊天，讲些公司里的事。

只要不忙，他就会来，在病房里陪她，还会给她买水果，为她喊医生，他成了她的陪护。

开始，她不愿他在这里，撵他。他仿佛没有听到，依然做自己想做的事，为她。

渐渐地，她不再拒绝他的好意。有他在身边，少了无聊的时光。

她知道，属于她的时间越来越少了，她不能给他承诺，也不能给他幸福，只会给他添加麻烦。她含着歉意告诉他。

他轻轻地说，知道。

在她美好的时候，他没有机会与她在一起，现在她病了，却没了阻碍，可以随时陪着。

他多想告诉她，只要能和她在一起，无论发生什么，他都愿意。

在他心中，她如果幸福，就看着她自由飞翔，现在她病了，他就会尽力让她快乐。

他辛苦，他劳累，也是甜蜜的。

他爱她，不是因为她美貌如花，而是从骨子里爱她。只要她还在，他就会深深地爱着她，陪着她。

……

她要离开的时候，满怀歉意地说："对不起，给你带来这么多的麻烦。"

他握着她的手，轻轻地告诉她："不会的，我喜欢和你在一起。只要和你在一起，就是幸福的，快乐的。"

夏日栀子花

他总会从她家的小院前经过，院子里种满了洁白、肥硕的栀子花，每次经过，都会嗅到那股清香，一直弥漫到很远。

那时候，他读中二，她比他大一级，在一个学校里。他经过她家院子，总会驻足停留一会儿，他细细地嗅那些香气，他更想等她出来，看到她飘逸的身影。有时，她会从楼上匆匆地奔下来，穿着有细碎花瓣的长裙，一手提着裙摆，一手扶着栏杆，那样子，真美。

她在学校里，是学生会主席，人长得美，成绩又好，上苍似乎格外垂青于她，老师同学也喜欢她。学校每遇活动，拿着话筒主持节目的，一定会是她。她甜甜的嗓音通过扩音器，在喇叭里传出，飘到很远，就像清香的栀子花一样四处弥漫。

他偷偷地爱她。

他总是喜欢在她家的院前小小地逗留片刻，除了看看栀子花，还想看看她。但是，他们从未说过话，他知道她，她却从不认识他。

有时，他想，要是她有时间留在那片栀子花里，他一定要拍一张她的相片，那会是多么美丽的景致啊！

她后来考上了广州的大学，他也去了南京读书。不过，每当他回家，都会去她家的院前看看那片栀子花。

那年夏天，她出嫁，长长的迎亲车队排得令街坊邻居格外羡慕。他有莫名的忧伤，他不知她找了一个什么样的对象，也不知她嫁到什么地方去。他总会忧伤地想：她的未来会不会受到伤害，或者被抛弃？

那天，迎亲的车队开走好久了，他还站在她家的院前，盯着那片栀子花发呆。

不多久，这个城市拆迁，她家的院子消失了，一片钢筋水泥工地，高高的吊车，遍地的黄沙、水泥，那片栀子花消失了。

6年过去了，他每次经过那片地方，还会悄悄地驻足片刻，只是再也嗅不到清香的栀子花了。

一次，一位远方的朋友邀请他去游玩，不知为什么。他欣然地迫不及待地去了。好像这次游玩，是早就等待着他的。

这座城市，有大片的栀子花，盛开的时节，令整个城市荡漾在栀子花香中，那些栀子花令他觉得很舒畅。

晚上，朋友招待，他怎么也不相信，她居然也在，比他记忆中的笑容更美。多少年不见了，他仍然能一眼认出她。她的丈夫是一家企业的老总，她现在办了一所私立学校，她散发出栀子花的香味。

那晚，他喝了很多酒，却一直没有醉的感觉。她与他也喝了酒，那杯酒很奇怪，居然有栀子花的味道。

没有人知道他的心情，包括她，他们从不曾知晓他的暗恋与莫名的忧伤。

他再回到自己的城市，觉得阳光遍地，栀子花芳香依旧。

他不再觉得她家的小院里那么多栀子花被损坏，只是移到了遥远的城市，就像她嫁到了远方，香气也会在记忆里氤氲浮荡。

先认错的那个人

无论发生什么事情，她都会理直气壮地等待他向她认错。这已经是多年的习惯了，她明白，哪怕是她无理取闹，只要她假装发脾气了，冷面相向，他受了委屈，有了脾气，也会忍着，向她认错，直到把她哄开心了。

恋爱时，他们就这样，婚后也一直没有改变。她有时甚至是故意刁难他，明明是她错了，她也会假装有了怒火，等他认错。他也想和她讲道理，让她分清是非，可是她不听，她吃定了他会低头。

有一次，她一个外地的朋友来，他们宴请那个朋友，只是正常的交流，她非要当着别人的面指责他，这让他倍觉难受，朋友也尴尬，可是她却异常开心。因为，朋友处处比她好，唯一的不足是朋友在老公面前从不敢向她这样，她觉得这样的优势足以弥补一下不足。

她把自己的刁蛮、任性，在他面前发挥得淋漓尽致，她是骄傲的公主，他是卑微的仆人。她是娇艳绽放的花朵，他是拙朴平凡的泥土。

他原来想用自己的耐性改变她的无理，可是一切努力都是白费。想好的计策，拟好的计划，一到她的面前，顿时灰飞烟灭，也许，他是她找了好久才找到的奴仆。

婚姻里，两双手相携，期待一生相随，更多的是相互宽容，相互照顾，这样，才会有温馨、美满的生活。然而，也有如此刁蛮任性的人，她只要自己满足，自己高兴，才不在乎对方怎么想呢。

其实，只有爱得足够深，才会放下自己的尊严，用心去维护这份爱情。那个总是先认错的人，不是怕对方，也不是懦弱胆小，是他有强大的爱心，化解掉自己不快的情绪，去滋润爱情。

不讲理由，不辩是非，总会先认错的那个人是伟大的，他（她）明白，家不是讲理的地方。家需要温情与关爱，而低一下头，就会有幸福之泉涌出，为何要细究那只在家里发生的是非之争呢？

　　而有福享受的人啊，能否少些刁蛮，不要把温顺可爱的人欺负得无路可逃，最终找不到回家的路，那样也会得不偿失，再也没有人向你认错。

鲜花与爱情

她是个很喜欢浪漫的女孩子，开一家鲜花店，店铺不大，在城市繁华的一个角落里，她给鲜花店起的名字很有趣：鲜花与爱情。好像鲜花在世间就是为爱情而绽放的。

来她花店买花的多是情侣，不知是她给顾客做了定位，还是这里的人更相信她的"鲜花与爱情"的捆绑，有了鲜花就有了爱情。

一对年轻的小情侣进来，选花，男孩子的目光在一大簇花丛中搜寻，他在找什么呢？女孩对身边的玫瑰一见钟情，眉目含笑，指点男孩子看玫瑰花。男孩子有些迟疑，嘴里说着，"买吧！"可他掏钱的速度明显地慢了半拍。这是一对大学生，男孩子想浪漫没钱呢！她就说："玫瑰不贵的，买一枝吧！一心一意。"男孩子笑了，女孩双手小心地捧着花，像是捧着一大簇鲜艳的玫瑰。她没有赚他们钱，看到他们手挽着手走了，心生羡慕，真好！

一对恋人进来，女的看中篮色的玫瑰，男人说："买吧买吧！多拿些。"她就把九枝蓝玫瑰扎在一起，又做了一个美丽的造型，男人掏出一叠大钞，递给她，而后搂着女人走出店门。女人不时地说笑着，男人被挑起了欲望，在她脸上不停地啄起来，女人的笑声咯咯地在空中荡漾。九枝玫瑰，她赚了一半的利润，不过，她觉得没有多少快乐。

一个半老的男人，挽着一个妖冶的小女人，在她的店里寻觅，寻觅心爱的花。小女人搜寻半天，问她："有白玫瑰吗？"她说："不巧，刚卖完了。"其实她刚进了货，还没来得及摆上柜。她看着老男人和小女人，觉得他们之间的感情很难配得上白玫瑰的清纯，多少钱也配不上。老男人说："怎么办？已经找了这么多的店了，都没有。"妖冶的小女人撒娇地说："那你就预订么！"老男人掏出钱，问她："白玫瑰怎么订？"她微笑着说："真是对不起，最近白玫瑰缺货，你到别的地方看看？"老男人不满地拉起小女人的手，临走还丢下一句，"什么鲜花店，连白玫瑰都没有。"他们刚走，她就把白玫瑰摆上了柜。

一对花白了头发的老夫妇走进了鲜花店，他们大概是第一次进这种店，男的指着那些花却叫不上名字，老伴也有些生涩地瞧着满店的花，不知该买些什么。她上前问："老伯，你们是纪念什么珍贵的日子吗？"男的说："是啊！今天是我们结婚50周年，我想给老伴送上鲜花，可是，我们买些什么花好呢？"她明白了，对他们说："买玫瑰吧！玫瑰是爱情的象征。买11枝玫瑰，象征你一生一世只爱一个人。"老伯笑了，"好吧！"老妇手捧11枝玫瑰笑出了今生最美的容颜。她想，这对老夫妇真是一道风景，就像歌里唱的，一直老到走不动了，还是那么喜欢你。想到这里，她感觉这是多么美的爱情啊！

有一回，一个中年男人来买花，送给他已逝的夫人，那天是情人节。当她听到他的解释后，还额外地奉送了两枝，代她献给逝去的她。她觉得，这个女人真是幸福，走了多年了，还有人惦记着，这才是来自心灵的真爱。

玫瑰与爱情，鲜艳与纯美，是人间多么令人景仰的风景啊！然而，有些人，以为爱情就像购买的鲜花一样，掏出大把的钞票就成，可那购买的只是俗不可耐没有灵气的花。也许，有的情人只买一朵，仅仅一朵，就可以在心头绽放一生一世。那仅仅是鲜花吗？不，那是心灵绽放出的馨香花蕊。

陷　阱

当她正是好年华时，有个男孩爱上她，爱得如痴如狂。

那个男孩人长得很帅气，她也喜欢他。两人在一起时，总有愉悦的笑声穿过青春的时光洒向外面的世界。他们常常手挽着手，走在大街上，他给她买冰淇淋，一支，总是一支。他没有太多的钱，却又喜欢给她买。从远方急急地跑过来，递给她，她撕开，咬一口，甜，然后给他咬一口。他们你一口，我一口地咬着，那是多么甜蜜的爱情啊！

如果不是有另一个男孩追她，也许她会嫁给他的。另一个男孩家里有钱，父母有一个小小的企业，所以，他从来不会只买一根冰淇淋给她。她却怎么也吃不出你咬一口我咬一口的甜味，但是她舍不得这个有钱的男孩，权衡了好久，徘徊了好久，终于，还是和那个穷男孩一刀两断。

嫁给有钱的男孩，她过了几年好日子。那时公婆的企业红红火火，根本不缺他们的钱花。老公带着她逛遍了这个城市的街道，也尝遍了可口的小吃，哪还在乎一根冰淇淋？

只是，往往事情都有这样的转折。公婆的企业，因为一次火灾，化为乌有，从此一蹶不振。有钱的男孩，成了没钱的男孩。可是，他只会花钱啊！怎么赚钱，他从未想过。

这样的日子，是她不曾想到的。没有钱，他连一根冰淇淋都不会为她买，如果有，他也会自己吃掉。

她只好苦苦挣扎，服侍公婆，挣钱养家。

她只能盼女儿快快长大。

女儿长大，她想着为她找一个有钱的男孩，再也不能过她现在这样的生活。偏偏有一个没钱的男孩爱上她的女儿。看到女儿和那个男孩出双入对，她倍感愤怒，"与他在一起，你还有什么出头之日？"

她过够了这种贫苦的日子，当然希望女儿能够过上富有的生活。

这个贫穷的男孩能给女儿带来什么？两个人吃一根冰淇淋，那不是真正的爱情，那是梦想中爱情，童话里爱情。现实生活中的人，要穿衣吃饭，要住宿交通，一个男人，连房子都买不起，还奢谈什么爱情？她决意让女儿与男孩一刀两断。

……

穷男孩，富男孩，哪一个男孩值得爱？

纵使她经历了一次，依然不懂爱情与金钱的关系。有钱可以过富足的生活，却不能享受富足的爱情。

她沉沦于陷阱一次，想挣扎着爬上来，不想让女儿再踏入陷阱，以为是帮着女儿走上正常轨道。任何偏离于爱的期盼与幻想，都是爱情的陷阱，掉进去了，就会沾上污泥。年轻人啊，还是要小心。

相见不如怀念

在他的记忆里，她是格外美丽的。

他们是中学同学，多年来，他一直暗恋她，却不敢向她表白。

她出身官宦之家，长相又好，脾气不算太坏，身边围着一大群同学，男男女女，都是好朋友。

她是他见过最美丽的女孩，看到她，内心就会有欣喜。班级里组织活动，只要有可能，他都会尽量和她待在一组。有一次，拔河比赛，他们被分在一组，他当仁不让地站在河界边，手持绳索，指挥一干人马，与对方决一死战。

不知是为了表现，还是因为她就在身边，那天他神勇万分，轻松击败对手。她第一次对他露出赞许的眼神，这让他永远都无法忘怀。

中学毕业时，班级里有一张合影照，他宝贝般收藏着，读大学时也带在身边，后来，因宿舍遇盗，别的东西都在，唯有那张相片不翼而飞。

他失落了好久。

她的身影一直在他的回忆里翩跹，就像一只蝶，精灵般舞着。

后来，他娶了妻，过着和许多人一样的世俗生活。偶尔，他们也会开开玩笑，聊聊儿时的"小芳"。他就会想起她，想起她靓丽的容颜，美丽的身姿。

不知为什么，一路走来，遇到数以千计的美女，他却觉得都比不上她。

她有与众不同的出身，她有良好的家庭氛围，她有书卷香气，她有良善之心，如果是后来遇到她，他是有勇气向她求爱的。

随着他读书进了大学，毕业工作，他越来越受人尊重，内心里少了自卑，多了勇气。

他少与女孩交往，一直在心里给她留一个位置，却又从不与她联系。

他多次在心里幻想着，与她在一起的日子，会是什么样的。

这样的假想，会令他开心，有时一个人偷偷地笑出声来。

他后来在同学圈里打听她的消息，希望有机会联系上她。中学的同学相互间已联系不多，遇上的人都对她一无所知。他有深深的失落，暗自猜测她现在生活得如何，还是那样美丽吗？

终于，他从一位同学那里，得到她的消息，有些迫不急待地联系到她，听她淡淡的话语，似乎能想象出她的神情。

有一天，他出差路过她所在的城市，打电话联系她。他们相约在一家咖啡馆见，他静静地等她的到来。

许久，一个中年女人骑着一辆电动车匆匆赶来，在咖啡馆门口拨打他的电话。

四目相对，他惊住了，一直在梦中回忆的美丽女子，竟然如此普通，黝黑的皮肤，干枯的头发，深深浅浅的皱纹划过脸颊，像是纵横沟壑。

他的心抽紧了，痛！

那个容颜如花的女子哪里去了？是他的记忆美化了一个相貌普通的女子，还是岁月侵蚀了一个容颜美丽的女子？

想要的礼物

女人最快乐的时候，莫过于从男友手里接过礼物的那一刻。如果送的礼物又正合心意，那就会情不自禁地吻一下他，这是她回馈给他的礼物。

相识的最初，是从一束花，一个蛋糕开始的。无论是玫瑰，还是紫萝兰，都不会太昂贵，但收到花的那一刻，心里是甜蜜的幸福的，那种感觉是美妙的。男友的珍视，男友的细心，都是触动她的开始。与男友两个人细细分享幸福时光，一个蛋糕，可口的甜点，几杯饮料，就会让人觉得世间美味佳肴全在这里了。

随着相处日久，礼物一定会逐步加码，服装、鞋子已不能满足日益增长的需求，手镯、项链会适时地摆到面前。如果相处很长时间，男友根本没有打算买根项链，即使她不说破，也会被身边熟悉的人笑话。

闺蜜间相互的交流，大多会围绕着这些展开。要是男友能从海外带件礼品，一定会被炫耀地展示给众同伴欣赏，既有甜蜜的透露，又有得意的宣传。那份小小的满足感，需要在众人的羡慕中获得。

男友的事业刚刚起步，买房、买车，是件奢侈的事情，即便内心渴望，也要量力而行，不可强求。

想要的礼物很多，能够照顾到男友的能力，不强求、不奢望，这女孩一定是善解人意的。

很多时候，想要的礼物会受到经济条件的制约。要结婚了，却买不起房，只能先租着。去国外旅游挺好的，然而开销不小，需要办的事还有很多，只能忍忍，等以后条件好了再说。

没钱的有难言之隐，有钱的也有遗憾。经济富裕了，世间的礼品，只要需要，张口即得，小的房子换了大的，旧车可以换新的，世界各地，只要是好玩的地方，尽可以去，却依然有缺憾。他不再像以前一样，随呼随应，脾气大了不说，应酬多了不讲，他的心思也不可捉摸，会令她痛苦万分。身边再多的礼物也不及有一个相爱的人，可是她想要的这份礼物，他能完整地给她吗？

　　人就是如此贪婪，要了一样，还想要另一样。一对甘苦与共的男女，可能物质上有所局限，彼此却会给予很多希望与相守；而富裕的人，能给大把的金钱与奢华的生活，却不一定有时间陪她共享一顿晚餐。

　　生活就是一道选择题，鱼与熊掌不能兼得。所以，要珍惜已经拥有的，好好地经营这一份情感与爱，相亲相爱地携手一生，才是所有人最想要的礼物吧。

虚构的未来

追她的男人很多，他们才华出众，财力雄厚。

她美貌惊人，胆略超群。她有更远的目光，她要看到未来。她不仅要选择一个男人，更想要一个永久的伴侣。这个伴侣，要有出色的能力，过人的谋略，更要对她忠诚。

她听过太多男人出轨的故事，那样的结局，多是女人受伤。为了避免这样的情况发生在自己身上，就要提前预防，在选择男人的时候，过滤掉那些虚伪的男人，容易变心的男人，缺乏忠诚度的男人。

A君，一表人才，拥有一家公司，儒雅、敦厚，为人不错。可是，她觉得美中不足的是，A君小富即安，缺乏进取心，仅满足于当下的生活，缺了上进心，跟A君在一起，不会成为人中龙凤，过的只是富足生活罢了。如果和这样的男人度过一生，终究少了些许出人头地的风光。

B君，标准的学术男，工科，技术一流，在单位里是受人尊敬的人才。她与他处过一段时间，话不多，和他的学术一样严谨，一丝不苟。

这样的男人，生活在一起是放心的，可是少了乐趣。他不会跳舞，也不肯坐下喝杯咖啡，时间是他最宝贵的财富，一心扑在科研上。哪怕和她在一起，只要有人电话找他，就会坐立不安，再也没有安宁的心绪陪她。

这样的男人，是和他的技术结婚的，若是与他一起生活，枯燥乏味至极。他过他的生活，她过她的日子。虽然在一起，但是却貌合神离。

一辈子，有的只是吃喝的世俗生活而已，根本没有人生情趣。

C君，文艺男，有一文化公司，在文化圈里小有知名度，出版过几本著作，不红不紫，能说会道，咖啡、酒吧，是生活常态，根本闲不住。要是哪天没有出门，一定是身体不舒服，需要休息了。

C君是有梦想的人，他至少有3个梦想。作家、传媒人、经理人，如果一切顺利，他会把企业做成上市公司。

和C君在一起，风花雪月，够浪漫的，即便是普通的日子，他也会弄得与众不同。有钱、有貌、有才，但是，令她不放心的，是他身边有太多的女人。一个成功的男人，会有多少女人围着他转？

她没有把握控制他，这样的男人，要是变了心，用牛也拉不回来。不牢靠的男人，要不得。

D君，是职业经理人，虽然没有自己的企业，但是他收入不菲，他用自己的超人才华，帮人打理经营企业。挖他的猎头和他都成了朋友，他不停地跳，越跳薪水越高。

她对他各方面都是满意的，人很好，也有才华，待人真诚，唯一不足的是，他时间太少，他把精力与时间都花在了企业的生产经营上，可供个人支配的时间明显缺乏。

和他在一起，她将事事需亲历亲为。这和不结婚有什么不同呢？

……

她想了好久，这些男人，都不是理想的归宿。

其实，她永远也不会明白，她这些设想都是虚构的未来，任何男女，只有牵着手共同走下去，才可能知道未来的模样，没有人能预料未来。

最好的爱情，是遇到一个喜欢的人，就决定牵手走下去，其它的一切，无需多问。

烟火爱情

病房里未开灯，窗帘遮得严严实实，我一跨进去，仿佛跌进了巨大的黑暗里，好大一会儿才适应，靠墙的那张床上躺着一个妇女，被子裹得紧紧的，只露出一张脸来，她的脸比黑暗还黑，我的内心里闪过一丝惊异，她怎么了？紧随其后进入病房的母亲，一看到那个躺在床上的妇女，就发出一声尖锐的惊叫。

没等我安慰母亲，她就急急地拉着我出了病房，有些紧张地问我："那妇女莫非是什么传染病？她的脸那样黑！"我像是回答母亲，又像是在问自己，"不会吧？这里是化疗区。"母亲这才无奈地跟着我进入了病房安顿下来。

那位妇女像是习惯了别人的惊异，安静地躺地床上。床的另一边坐着一男子，正在剥橘子，他轻轻地把橘子瓣上的丝儿拉扯下来，再放进那位妇女的嘴里，像是在喂他疼爱的女儿一样精心。不大一会儿，他的电话接二连三地响起，有时他会布置一下事情，接着坐在床边，有时他会向对方反复核问一些数字。从他的电话问答里，可以听出他是从事房地产行业的。

他出去的间隙，那位妇女需要换药，我就帮着喊了一下护士。她像是与我一下拉近了距离，话题就从她的病情讲起：那是她一次意外怀孕，流产后，洗澡不小心着了凉，引起了白血病，前前后后花费了120多万元治疗费用。能这么不离不弃地陪着她，为她花费巨额资金治疗，她一定有一段非同一般的爱情故事，我在内心揣测。

也许她是他苦苦追求的白雪公主，即使现在她有了重病，他依然恩爱如初，为她花费巨额医疗费用，对她悉心照料。也许她当初给了他命运的转机，让他从一文不名的穷小子，发展成现在的地产界精英，她理所当然会受到他的精心照料。也许她年轻时为了和他相亲相爱，受到家庭的阻拦，她抛下一切，不管不顾地与心爱的人筑起温暖的小巢。也许她是他青梅竹马的恋人，早已有了海誓山盟，牵手后就一直要相爱如初地走下去。

我在内心设想了无数个因由，都是她有恩于他，或者她原来是天上的仙女，他是凡间的董永，所以才有这样的令人惊异的恩爱。

然而，结局却让我大失所望。那天，他很平静地向我讲述了他们之间的故事。他年轻时家里穷，中学未毕业就参了军，经人介绍，他与农村的她相识了，他在部队戍边，她在家里劳作，服侍父母。没有一点传奇，他们的故事就像凡尘里众多的男女一样普通，一样充满烟火气。后来，他从部队转业，进入地方政府工作，再后来，他辞职，做起了房地产。

如果结局和我想像的吻合，也许我只是惊奇罢了，而现在的结局却在我心底起了波澜，听多了世间男女对爱情的背叛，能同患难，却不能同享受，迭荡起伏的爱情传奇不仅充斥荧幕，也挤满了尘世街巷，让未曾步入围城的男女对婚姻失去了信心，多了警惕。这样普通的爱情故事，这对充满了烟火味道的夫妻，他们之间拥有的什么东西打动了我那颗坚硬的心。

要么不爱，要么不怕

那时，他们默默地相爱。她不在意他的身份、地位、金钱，她只觉得他是一个可以爱的人，甚至她都没有太多地想过未来是什么样子。她只是喜欢他，爱他。他们在一起，她就觉得快乐、开心。

他们都没想到，她的母亲会那么坚决地阻止他们两个人交往。

那次，她略有些怯地告诉母亲，她有了相爱的人。母亲问她："那个人什么样子？在哪里工作？收入如何？"——一细致地询问，让她紧张。

当母亲了解到他只是一个外乡人时，脸阴得像六月雨欲降前的乌云，一口拒绝他们再交往下去。

她哭着对母亲说："我很爱他，他对我那么地好！"

母亲近乎绝情地咆哮："有什么值得爱的？他有什么？"

是的，他究竟有什么值得她去爱的？没有房子，没有车子，甚至连一份像样的工作也没有。面对这艰难的现状，他们的爱情有未来吗？

可是，弱弱的她，此刻却无比地坚强。她爱他，没有人能阻拦得了。母亲的咆哮，在她看来，最多是一条沟壑，不是银河，也非天堑，不足以把她们隔在两岸。

那天，他去她家的楼下等她，与她母亲相遇，她的母亲给足了他难堪。她母亲嗓门极大，引来众多围观的人群，他只是微笑，面对她母亲的羞辱，他觉得人生最大的侮辱也不过如此。

因为爱她，所以他不惧。两个人，就像一对鸟儿，一有机会，就会落在一起。只要两个人真的相爱，大概没有什么能阻止住这份爱情。

她的闺蜜问她："你不怕将来也一无所有吗？"

这只是一份担心，怕她将来会吃苦。

她说："要么不爱，要么不怕！"简短的话语里有执着与坚毅。

爱就爱了，为什么还要瞻前顾后？

有的人，获得了人，还想要物；有了物，还想要地位、金钱！爱情，哪有那么多的附属？倘若要享受那奢侈的一切，就不要妄谈爱情。

如果说人生充满了博弈，爱情也是其中一种。相爱的人，面对爱情的挑战，什么都感到恐惧的时候，这份爱情，就没有那份坦荡。

不想付出，害怕付出，却又贪图享受，在爱情上绑架众多的欲望与奢求，那样的爱情，能有多深？

真正的爱情，就是这样，"要么不爱，要么不怕！"那么，爱就可以抵挡一切。阻止爱情的难题也可以迎刃而解。

钥　匙

　　林和雯相恋了6年了，他们一起在这个城市打拼，现在终于有了自己的房子，他们的爱情也瓜熟蒂落了，相互牵手走进了婚姻的殿堂。看着装修一新的房子，渴望已久的家就在眼前，他们终于把一直追随在身边的漂泊之感抛掉了。

　　豪华的房子，富丽堂皇的防盗门，只要用手中的这把精灵小巧的钥匙轻轻地一转，就走进了一个温馨的小巢。林很珍惜这种美妙的感觉。劳碌一天回到家里，享受着雯细心地照料，可口的饭菜、温馨的氛围。相爱的日子像一列快车，渐行渐远，新鲜感被流逝的时光洗得渐渐褪了色，林再回到家时，觉得没有了以前的温馨。

　　随着林的职位不断升迁，林身边随处可见靓丽的美少女，有林动心的，也有美女对他动心的。忘了是谁先抛出信号，林有了婚外情，和一个很惹人怜爱的女子。开始，林还会在回家时例行公事似的每周一次与雯亲热，渐渐地，他把心思花在了外面。雯似有所悟，提醒林，不要把家忘了，林笑着对雯说："你怎么会这样想呢？我只是工作太忙了。"

　　后来，林在外面租了房子与情人共度时光，他身上就多了一把钥匙，和家里的那把很相似，颜色、式样、齿纹，不细看，就是家里的那把。这也给林添了点麻烦，回家时，需要用钥匙先试试，赶巧了，一试就开，有时不能开门，就得换另一把。有一次，林喝完酒夜里回来，用钥匙开了好长时间的门，也没能打开，还是雯听到动静拉开了门。雯就担心地对他说："你喝得酒真多，连门都打不开了。"林迷迷糊糊地回答说："是的，是的，我忘了是哪把钥匙开我们家的门了。"雯很伤心，林回家的次数真是太少了，连回家开门的钥匙都找不到了。

　　有一回，林在情人那里欢度良宵。赶早回家取一份文件，这是林的习惯，他觉得重要的东西还是放在家中最放心。可是他把家里的那把钥匙掉在了情人的床上，回到家时，却怎么也打不开家中的那扇门，再找另一把钥匙，却发现不见了。敲门没人应声，雯看来不在家。再回来找情人，怎么也找不到那个夜夜恩爱的情人。问租房的房主，房主回答他说："我也不知道她去了哪里，她还欠我一个月的房租呢。你是她什么人？"林讪讪地走了。

　　林看着这个家，忽然感到很陌生，有多长时间没回家了？好像很久了吧！他四处打电话找雯也找不到，而房子所有的窗户都装上了防盗网，惟有门打开才能进去，现在把钥匙丢了，只有待雯回来才能给他开门，可是雯到哪里去了？雯回来，就一定会帮他打开门吗？

　　林真后悔，不该把钥匙丢了。

夜半悲泣

近几天，经常在夜半时分被女子的啼哭声惊醒。初以为是梦境，直到醒来依然清晰可闻，哭声是从北边的一幢别墅里传出的，寂静的夜里，更觉悲切。

邻里坊间就议论开了，是哪家在闹腾呢？

有老人讲，是去年婚礼最热闹的那一家。蓦然想起，豪华的婚礼，迎亲的豪车，艳丽的新娘，都令人过目难忘。

曾令多少人羡慕的新嫁娘，理应享受幸福生活，怎么会夜夜悲泣呢？

新郎是富家公子，仪表堂堂，自然会有众多女人喜欢，她不是第一个，也不会是最后一个。

她美貌惊人，追求她的男人排成长队，当然要左挑右拣，寻觅自己心仪的男子。

他们的相遇与结合，有偶然，也有必然。他喜欢美貌，她喜欢财富，铁片遇到磁场，紧紧拥在一起。

或许，她并不了解他，在华丽的光环里，她陶醉于他带来的绚丽耀眼的一切。这些美丽的景致令她沉醉其中，不能自拔。

而他，开始也许曾爱过，然而仅仅一年，就把她放在家中，当作一件摆设。他甚至都不隐瞒他外面有女人，他不怕她伤心，也不在乎她的感受。

她像一只美丽的被圈养的狐，再也没有了自由的天地。

他偶尔回家，也是半夜时分，她静静地等他，他视而不见。灯红酒绿之后，他需要安静地休息。

有时他也会带她出去应酬，杯盏交换间，明里暗里，有许多年轻的女子暗送秋波，丝毫不顾忌她还在场。在他身边，她就像一粒尘埃，找不到应有的地位与尊严。

她试着与他融洽地生活，却怎么也融入不了他的世界，她只是他广阔花圃里的一朵而已。

她与闺蜜聊起过自己的婚姻，讲她费尽心机讨好他，尝试着融入他，都无济于事。闺蜜劝她尝试着给人生另起一行。她却断然拒绝。

现在的生活，虽然有着种种不如人意之处，但是也有别人艳羡不已之境。那种用一辈子的努力也难以获得的财富与享受，足以令她迷恋其中。也许，享受一种美好，就需要承受一种苦痛，她这样安慰自己。

可是，当她看到丈夫把别的女人带回家，在她面前没有丝毫的隐瞒与顾忌，她再也忍受不住了，悲切的哭泣像幽怨的琴声飘荡在子夜里。她愈躲避，愈卑微，愈渺小，唯一宣泄的方式就是躲在角落里暗自悲泣。

追求喜欢富裕的生活并不是错，错在用一生的幸福去换取。

一缕阳光

她出身贫寒之家：父亲生病，不能工作；母亲没有文化，只能做时有时无的小时工。

她的家在一片林立的高楼之后，长年不见阳光，屋内阴暗潮湿。

从小学到中学，她一直是不好不坏的成绩，经常为了照顾生病的父亲，不去上学。

她从来不曾笑过，因为内心没有阳光。

看到母亲忙碌的身影，真想缀学。她现在的成绩，很难考上大学，即使考上了，家里也没有钱供她去读书。

她和母亲商议，母亲不同意。母亲也不知道女儿能否有更好的未来，但是她只要读书，就还有点希望，要是就此停止读书，也许就会和她一样，做低微的工作，拿微薄的报酬。

日子就是慢慢地熬着过吧！母亲对她说。

学校里一位老师了解到她家的情况，把消息发在微博上，有人关注，有人打听，后来，她的学费有人帮她交了，还给她一定的生活费。

她的心里涌起了一种感动，从未有过的异样的感觉漾上心头，她觉得内心里有了绿芽。

她像是从梦里醒了一样，开始对学习认真起来。

帮助她的人，不但按时寄来钱，还与她有信件来往。生活就像打开一扇窗，照进了一缕阳光，她找到了向上的力量。

高考，她脱颖而出，进了一所名牌大学。她只报了那一所大学，那位资助她三年高中生涯的人所在的那个城市的大学。

家里的环境还如以前那样贫困，父母的生活依然拮据，她也清贫地过着自己的大学生活，却有了异样的感觉。

那个帮助她的人，她特意联系见了面，原以为年长她许多，见面后才知道只比她大三岁，是一位帅气的哥哥。

她的心莫名地狂跳了起来，有些许慌乱。

哥哥把她带到店里，买了服装，还给她买了喜欢的书。她从不喜欢随意接受别人的东西，可是哥哥的礼物，她却欣然接受，甚至还有些喜悦。无论哥哥买什么，她都会喜欢的。

只要学校的课不多，她就会抽时间去找哥哥，而哥哥也会有求必应。

她感到幸福极了，她沉浸在大片大片阳光的包围中。

她发现自己爱上了哥哥，却不知如何对他说。

哥哥还是一如既往地照顾这个远道而来的妹妹，像自己的妹妹一样。他会牵着她的手，拍拍她的头，不经意的一些亲密动作，让她觉得快乐而幸福。

她期待他能抱一抱她，吻一吻她。

哥哥却就此止步。

大一，大二，都已经大三了，哥哥还是哥哥，没有改变身份。

她由刚开始时的喜悦，变得怨愤，哥哥怎么了？

她喜欢哥哥，喜欢哥哥给她带来的大片阳光。金灿灿地撒在她的身边，她要紧紧地抱住。

哥哥不说，她说。她决定告诉哥哥：她爱他。

她想了好久，哥哥知道了，会有什么样的神情呢？会不会觉得羞涩，不好意思？

她特意选了一个时机告诉哥哥，哥哥傻傻地，愣住了。

哥哥告诉她，只想做她的哥哥。

她的心又陷入了一片灰暗中，甚至比以前的时光更加阴暗，她倍感痛苦。

哥哥那么好，那么阳光，为什么不能与她相爱呢？

哥哥告诉她："你就是一缕阳光啊！自从帮助了你，与你有了联系，我也感受到了发自内心的快乐。"

施与受，原来都是有爱的。

　　她忽然发现，她是多么地自私，为什么非要占有那么大片的阳光呢？哥哥给她的一缕阳光，永远都在啊！

　　她可以这样牵着哥哥的手，做他的好妹妹，享受人生的美妙滋味，多好啊！

因为爱情

她一直以父母的爱情为傲，在他们恩爱的环境里快乐成长。

母亲慈祥，父亲和蔼。他们相敬如宾，在她的记忆里，他们从未吵过架，如胶似膝的模样令熟悉的人羡慕。

看着他们恩爱的样子，她倍感幸福。

某天，母亲突感身体不适，去医院检查，患了病。父亲形影不离，对妻子照顾有加，看到父亲花白的发，在病房里走动，她泪水盈眶。从父亲细微的动作里，她能感受到父亲对母亲深深的爱。

母亲的病情一天天加重，先进的医疗技术，并不能挽回母亲健康的身体。直到有一天，母亲撒手离去。

她从来不曾想到，母亲会以这样的方式离开他们。年迈的父亲瞬间苍老了许多，她也沉浸在失去母亲的悲伤中。

她劝父亲不要一个人待在家里，多参加一些外面的活动，散散心。

父亲适应学着失去老伴的生活，慢慢地与一些其他老年人多了交流。

没有多久，父亲和她谈心，吞吞吐吐地对她说："想再找一个老伴。"

她听了，心里有伤感。母亲才走几天啊。在她心中高大的父亲，就如此抛弃多年的夫妻情感，另觅别人，她难以接受。

父亲没有再提，依然一个人进进出出。她以为父亲不再提此事，就会忘了那个人。

有一天，她看到，在小区里散步的父亲，身边多了一个伴，明显比父亲的脚步健硕，搀着父亲在花坛边散步。

父亲的脸上有笑容，这是母亲走后很长时间没有过的，她的心隐隐地疼了一下。

　　她站在一侧，看他们慢慢地向远方走去。

　　从内心里，她无法接受别人代替母亲的位置，可是看到父亲一个人孤苦的身影，又有些忐忑不安。

　　有一天，她从一本书中读到一则爱情故事，忽然释然了。

　　母亲离开了，再也回不来了，父亲还在，他能快乐，就应是她的快乐。

　　那天，她和父亲讲，请他和那个阿姨一起吃饭。父亲脸上显过一丝不易觉察的惊喜。

　　女儿真的懂了父亲的心。

　　爱情，是在活着时好好相爱。看到父亲和那个人快乐的笑容，她也觉得开心。

　　西边的天空，有一对鸟在飞，展开的双翼在阳光的照耀下，格外美丽。

　　她觉得父亲好像又变得年轻了，脚步也轻盈了许多。

　　她想：母亲若有知，一定会同意的。

因为懂得，所以拒绝

　　他疯狂地爱上她，向她不停地示爱。她一直婉拒，开始，他以为她害羞，以更浪漫的方式表达爱意，却始终不能打动她的心。

　　他愈战愈勇，希望用自己的真诚与执着打动她。却不曾料到，她一次比一次更直接地拒绝他。他弄不明白这个女孩的心，为什么会拒他于千里之外？他是很多女孩追逐的对象，相貌堂堂，学识渊博，经济阔绰，待人接物也张弛有度，为什么她偏偏无动于衷呢？

　　正面进攻难以取得成效，就转为迂回战术，他托朋友在她面前说好话，收买她的身边密友，却找不到任何空子可钻。

　　她的朋友劝她，"他多好啊！那么优秀，那么富裕，对你又是真心实意的。为什么拒绝呢？"

　　她的父母说："放着这么好的男孩不要，还想找什么样的才满意？"

　　她默默地摇头，却不解释。

　　也许，真的是没有缘份吧？爱情这东西，是需要缘份的。人们只能这样解释他们之间的纠葛。

　　后来，她有了相爱的人，很普通的一个男孩子。她与他手牵着手，满脸的笑意，那份快乐是从心底流淌出来的。

　　只是，男友普通，收入不多，结婚连房子都买不起，只能租房住。父母叹息，是她的命吧！既然她选择了，就让她自己走下去吧！

　　没有人懂得，她为什么会这样选择。

　　她不愿说，也不想给别人解释。

　　爱情是什么呢？

　　是华丽的外饰，是尊贵的地位，是大把的钞票，是出入豪车，还是心的愉悦，生活的舒畅呢？

　　爱情不是买一件物品，性能优越，质量上乘，功能齐全，外观美丽，经久耐用。绝对不是的，爱情不是挑一件物品，而大众却通常用这样的标准，来衡量爱情。

　　坚持自己的原则，所以她敢于拒绝不适合自己的优秀男人。

有爱才绽放

他们相爱时，基本上一无所有。两个人刚毕业，在这个陌生的都市里打拼。

他们的薪水不高，只能租便宜的房子，为了积蓄财富，生活用品格外简单，奢侈的事是每周一次的外出就餐。

工作很忙，他们早出晚归，家里的一切就变得很沉默。她养了花，早上出门浇点水，晚上回家修剪一下枝叶。一盆花给家带来了温馨和活力。一天的辛劳感，随着怒放的鲜花而慢慢地散去。

这个城市的生活水准很高，想要在城市里扎下根，需要两人付出很多努力。他们把精力更多地投入到工作上，期待快一点升迁，获得更高的薪水。

他出色的工作计划，完美的执行力，让他在众多新进员工中脱颖而出。只是，他需要加班的时间更多了，以前，他们差不多一起到家，在一天的劳累后，闲聊一下也算放松。现在，他还在公司里加班，她一人回到家里，就有些寂寞。

她常常躺在床上，打开电视收看剧集打发时间。渐渐地，她有点爱上那些都市言情剧。剧情曲折，更重要的是满足了她的都市梦，那些女主人公成为她的向往。

以前，他们会在回家后相互聊聊，接收一下对方的信息，也交流一下情感。现在，他工作太累了，回家倒头就睡，根本不在意她的感受。她就有些失落，内心的苦闷无处倾诉。

一天天过去，一年年过去，他们的生活并没有多大变化，存折上攀升的数字，赶不上房价上涨的速度。生活中彼此开始有了抱怨，她得不到他的安慰，也看不到光明的生活，那盆花也在久无人过问中日渐枯萎。

她想和他谈谈自己的感受。她趁他有一个难得的休息天，透露了自己的想法。

他听了她的感受，沉默了片刻，表示理解她的想法。在一个城市里生活，没有人不想快点融入，而努力提高自己的收入与尽快升职，是不二法门。但是，爱情也是一朵需要及时浇灌的花朵，倘若为了现实的生活追求，以牺牲爱情为代价，值得吗？

她明白，他不是不爱，只是在为生活而奋斗，可这样的生活状态真的不是她想要的。如果为了房子，为了升迁，他与她说话的时间越来越少，那么，这份情感又能支撑多久呢？一盆花，离开爱的滋润都会枯萎，两个人的情感，如果没有了爱的浇灌，又如何能延续呢？

他们决定，还是回归以前的生活状态，目标可以晚一点实现，却不至伤及爱情。

爱情的花朵在心头绽放，比住在空荡的大房子里要温馨许多。

有些人，你不必等待

她对他的印象不错，体贴、关爱，让她身处异乡也没有感到冷清。他陪她看电影、逛街，和她一起去时尚咖啡厅度闲暇时光，和她交流一些喜欢的新书信息。

他知晓她的爱好，也懂她的心，知道她需要什么，这样的男人足够讨女人的喜欢。他买的礼物，大多合她的心意，是他用了心去挑选的。

有时候，她穿着他新买的裙子，同事就会惊呼，这么漂亮！她非常得意，内心的甜蜜怎么也抑制不住。那款式、颜色、尺寸，都让她满意。

懂得一个女人，是对女人最好的爱。倘若懂得，又能给她带来快乐，这样的男人，哪个女人不要呢？

只是，在最甜蜜的时刻，他被公司派往另一个城市工作。她觉得，虽有些遗憾，但也不算太大问题，交通快捷方便，多奉献点路费吧！

情话依然甜蜜，情感依然沿着既定的轨道奔驰，她还是那么在乎他。

他给她讲另一个城市的新鲜，另一个岗位的趣事，也会和她讲讲他最新的想法与感受。距离并没有让她觉得遥远，分开的生活也未让她产生太多不适，她想，如果他发展好了，她也可以跟过去。她常常一个人设想未来的生活。

她去他的城市看她，他会陪她看海，那个临海的城市特别漂亮，蔚蓝色的海洋犹如影片剪辑出来的画面，令人心驰神往。海风拂过来，给她异样的舒适。

她在等待一个邀请，是他发出来的，她希望他说："你过来吧！来我这个城市工作。"可是，一直没有，他在电话里尽管情意绵绵。

他是那么地善解人意，怎么会不明白她的愿望？

　　她偶尔会有意无意地向他释放出她的意愿，可是，他就是不提，他甚至装作不明白。女人劝她说："你别等了，早作决定，要么放弃，要么让他表态。"她不想咄咄逼人，没必要强势逼婚。

　　可是，公司里还是传出他另有恋人的消息。她在电话里求证，他信誓旦旦地否定。她去他那儿，他依然陪她，去看海，去逛街，给她买礼物。每一次千里飞奔，都会把乱乱的心安放回去，怎么可以轻信谣言？

　　亲密女友规劝的话语，她也认真地顶了回去，他那么体贴她，不会欺骗她的善良。

　　那天，几欲令她昏厥的是，他竟然向公司里原来的同事发了婚礼请束，新娘不是她。

　　他太懂得女人的心了，所以谎言也令人无从质疑。他给她的体贴，就不会给别人同样的关心吗？一个聪明的男人，忽然间变得迟钝，摸不透女友的心思，不是有难以释言的苦衷，就是变了心。

　　有些人，你不必等待，相逢是一次聚会，有快乐，有欢笑，散场后各自回归。你痴痴守候，他早已奔赴下一场聚会，另寻欢声笑语。唯有你痴痴苦等，成为一株守候在时光之河上开花的树，落英缤纷，无人心疼。

匀一点时间给爱情

她寻寻觅觅直到28岁才遇上他，一见，就喜欢上了，他对她更是莫名地喜欢，像是续上了前世的姻缘。

年龄都不小了，又经历过爱情的波折，就格外珍惜这份情感，浓得化不开。

他在政府部门工作，她是一位职业作家，两个人都有自己的理想，有自己的人生规划。

她想趁现在年纪不大，好好地写几部作品，写出影响，他也支持。

她为了安心写作，去了偏僻的乡村，又过起了一个人的生活。因为有了他，心里安稳多了，写作也愉快多了。

三个多月，一部长篇小说顺利诞生，她又花上一个多月，细细地修改了两遍，投给满意的刊物，很快发表了，反响较大。

她很快乐，他也向她祝贺。

本来，这部长篇写完，是计划休息一下的，可是，悄然而至的灵感搅得她心神不安，难以完全抛开。

她挣扎了许久，还是放不下，告诉他。他打电话对她说："你放心写吧！其它的不用担心。"

她很感动，这个男人，真是太了解她了。

她整理好思绪，投入到下一部作品创作中。

这次，写得非常辛苦，多次欲罢不能。作品里的人物与她发生纠结，她完全走进了作品，她是其中一员。她在里面哭，在里面笑。

这部作品，写得时间较长，一年零三个月，写完，整个人都有些虚脱。写得太痛苦了，也写得太尽兴了。

发表后，声名鹊起，作品被读者、评论家广泛讨论。

她想与他一起分享这份幸福。她悄悄地坐上回家的列车，要给他一个惊喜。开门，家里悄无声息。打电话给他，回电说：他因公外出三天。

结果，他在回来的路上，遇了车祸，从此，阴阳相隔。

她怎么也无法相信，他再也回不来了。

原本，她要和他生一对儿女，要好好地过以后的幸福生活，要尽情享受努力创造的未来。这一切，现在都与他无关了，她忽然泪流满面。

为什么那么急切地渴望功成名就？为什么不多陪他一段时间？为什么不先和他生个孩子？她恨自己，怎么这样自私！

爱情和事业，哪个更重要？都重要，哪个也不能荒废。生活是多面的，需要每个方向都有所兼顾，追求事业，也不能忘了爱情；有了爱情也不能荒废事业。在专注于事业时，不妨匀些时间给爱情，享受两个人在一起的点滴时光。

滋 润

她特别喜欢他的作品，每一本书，每一篇能找到的文章，都细细拜读过。越读越觉得他了不起，那些文字，就像春天的细雨滋润着她的心扉。

后来，有一个机会，他们相识了。她有些迫不急待地向他讲了她喜欢他的作品。

听到她赞扬的话语，他默默地听，然后微微地笑。喜欢他作品的人很多，当面表扬他的人也很多，却很少有像她这样，毫无保留地告诉他，因为喜欢他的作品，所以喜欢他的人。

她犹如一朵花，正当好年华，鲜艳、娇嫩，含苞欲放。他的那些作品就像雨露、阳光、微风，落进她的心田，滋润着她。让她绽放得更美丽，更娇艳。

她把多年来保存的他的书，拿出来，让他签名。他很感动，从他第一本书，到他现在的第13本书，一本不少。

他非常清楚地记得，出版第一本书时的艰难，因为没有名气，找不到被认可的出版社。后来，在一个熟悉的编辑推荐下，出版社才勉强同意，不过，提出的条件非常苛刻，首印数特别低，拿到手的版税非常微薄。即便如此，他还是同意签约。

能拥有他全部作品的读者，是真心喜欢无疑。有些人，对他说："我非常喜欢你的作品，能否送我一本啊？"他大多婉拒。这不是喜欢他的作品，只不过是一种讨要新书的借口。

书要送给尊重它的读者，被认真地阅读、细心地收藏，那才是书的最好归宿。要是谁都送，也许那书就像一个风尘女子，什么场合都可以见到，就没有人尊重它了。这些年，他声名日隆，向他要书的人也日渐增多，五花八门，什么样的人都有，他总是推辞。他不了解的人，就不会随便赠送，真的喜欢，完全可以去买一本，没有必要缠着作者讨要。

他想起，那最初出版的书，自己的书柜里也仅存一本，市面上基本找不到了。他边给她签名，边有些小小的感动。

只是，当她一步步走向他时，他略有小小的抵抗。他不敢爱，虽然内心有莫名地喜欢。

她的华丽，她的优雅，她的品位，让他喜欢又焦虑。她是那么地懂他，又那么地吸引他，可是他依然不敢爱，他能满足她以后的生活吗？

他沉浸在自己的文字世界里，爱文字如生命，这注定他不能挥金如土，他所有的收入就是稿费和版税，供养一个普通的家庭，当然绰绰有余，可现在面对的是一个奢华的她。

看到他一再地躲避，她要他给一个明确的态度。他有些忐忑地回答："你太奢华了，我满足不了你。"

听到此话，她哈哈一笑，随手扯下佩戴之物，"如此，可否？"原来，她并非享受之徒。

他恍然明白，文采飞扬之下，一颗灵魂是多么地坦荡、自然。他是，她也是。一朵并蒂莲，悄然地绽放。

最落魄的时候，遇上你

第一次见到他，她就有了莫名的喜欢。

他身着工装，却依然无法遮避他藏在内心深处的与众不同。他散淡地立于一隅，不言不语，在她的眼中，依然是魅力无比。

她开始有意地亲近他，他却若即若离，不主动，不拒绝。

她是一个普通的女孩子，纯朴、大方，却执着、坚毅。

他和她在一个车间里做事，他是技术工，她是普工。他相貌英俊，身材高大，她长相普通，体形娇小，但是，她忍不住喜欢他。

她不知道，她的热情，能否唤起他的爱？

她帮助他做些简单的事，为他清理杂务。她甘心情愿地在他身边，做些默默无闻的事。

他像是习惯了她，既不欢迎，也不拒绝。

她也没有更多的要求，在他身边，帮他做些事，看着他，就满足了。

身边的同龄人，纷纷恋爱了，出双入对。他们彼此看着，无动于衷。

如果他们能够走到一起，那么就是惊艳的一对。

众人却不看好，她没有可能与他并肩。

她着实普通，相貌普通，才华普通，而他，长相出众，才华出众。

他们，是两个世界里的人，只因为他现在处于低谷，与她才有相交的轨迹。

她似乎明白，只是默默地喜欢着，默默地付出着，并不希求回报。

能和他在一起，哪怕就是这样默默地待在一起。这段时光，就是幸福的，令她值得铭记的。

后来，他果真有机会走到更好的地方，去了一个更大的舞台发展。